Colette

LE KÉPI

軍帽

コレット

弓削三男 訳

文遊社

目次

軍帽

〈奇々《ルミス》=怪々《テリユウ》〉氏ことポール・マッソン(一八四九—一九六。司法官、作家。歴史、経済、伝記など著作多数。とくに架空の人物〈奇々=怪々〉氏によるミスティフィケーションで有名—訳注)のことは、これまで思い出すままにあちこちで語ってきた。元ポンディシェリー(マドラス南方にある元フランス領インドの主都—訳注)裁判所々長で、人をかつぐのがたいへん上手な——それだけにたいへん危険な——彼は、そのころ国立図書館の目録課に勤めていた。これからある女性の生涯でただ一度の恋の物語をしようと思うが、私がその女性と知り合ったのも彼のおかげ、図書館のおかげだった。

中年男のポール・マッソンとそのころまだうら若い新妻だった私とは、かれこれ八年の間、かなり堅い友情で結ばれていた。ポール・マッソンは、自らは生来陽気な性格でもないのに、一生懸命私を陽気にしようとした。おそらく、私がとても孤独で、あまり外にも出たがらないのを見てひそかに同情してくれ、それにまた自分がたやすく私の笑いを誘い出すことができるのを得意がっていたのだと思う。私たちはよく二人で、ジャコブ街の四階の小さなわが家で夕食をした。私はボッティチェリ風を気どった部屋着、彼はいつも埃っぽいがきちんとした黒い服を着ていた。少し赤味を帯びた尖った山羊ひげ、張りのない肌、半ば閉じた眼《まなこ》、どことい って特徴のないのがかえって何かを隠しているようで、人の注意を惹いた。親しい間柄なのに、彼はいつも私に丁寧な言葉を使い、自分を出すまいとしている努力をうっかり忘れるたびに、彼が受けた立派な教育が自ずと外に現われるのだった。二人だけのときでも、ものを書くのにけっして、私が〈ウィリーさん〉と呼んでいる人の机に坐ることはなく、また数年の間に、彼が私に立ち入った質問をしたことは一度もなかったように思う。

　それに、彼の辛辣さがまた私にはとても魅力的だった。激した様子も見せず、穏やかな言葉のままいつでも手きびしい攻撃に出ることができるのに感嘆したものだ。そして彼は、四階の私の家までパリの逸話だけでなく、さまざまな気のきいた作り話を運び上げてくれ、私はそれをお伽噺のように楽しんだ。彼がマルセル・シュオッブ（一八六七―一九〇五。博学多識な、象徴主義的文学風土のなかの異色な作家―訳注）と出会うようなときは、私にとってそれはなんという幸運だったことか！　二人は犬猿の仲を装い、低い声で慇懃に罵《ののし》り合って喜ぶ。シュオッブの食いしばった歯と歯の間からS音が洩れ、マッソンは咳払いをしながら老婦人のように毒づく。やがて二人は落着きを取り戻して、長い間話しこむが、私はこの才気と衒気《げんき》の二人に挟まれて胸を躍らせるのだった。

国立図書館がたっぷり暇な時間を与えてくれるので、ポール・マッソンはほとんど毎日のように訪ねてくれたが、シュオッブのきららかな会話のほうはたまにしかこないお祭りのようなものであった。相手が牝猫とマッソンだけのときは、私は口をきかなくてよかったし、早く老けこんだこの人も黙って休んでいられた。彼はよく黒いレザーの表紙の手帳に何かをしきりに書きつけていた。サラマンドル・ストーブが人待ち顔の二人にけだるいガスを吐きかける。私たちはうつらうつらしながら表門を激しく開けたてする音に耳を傾けたり、目をさますと、私はボンボンや塩くるみを食べ、吹き出したくなるような話を客にせがんだりする。私は二十二歳、貧血の牝猫みたいな顔つきをして、一メートル五十八センチの髪を家ではほどいて足もとまで波打たせていた。

「ポール、何かお話を考えてよ」

「どんな話かな?」

「どんなのでもいいわ。家族のみなさんはお元気?」

「おや、私が独り者だってことをお忘れのようですね」

「でも、以前あなたは言ったじゃないの……」

「ああ、そうそう、思い出した。私の不義の娘は元気にしてますよ。この間、日曜日だっていうんで、郊外の庭園レストランへお昼食《ひる》に連れて行きました。雨で菩提樹の黄ばんだ大きな葉が鉄のテーブルに張りついていて、娘はおもしろがってそれを一つ一つはがしていましたよ。私たちは暖かいから揚げのじゃがいもを食べました。濡れた砂利の上に足を置いて……」

「だめ、だめ、そんなんじゃない。悲しすぎるわ、そんなの。図書館の女のかたのほうがいいわ」

「誰のことかな？　たくさんいますからね」

「インドの小説を書いてるとかおっしゃってたかたよ」

「彼女は相変らずその連載小説で苦労してますよ。今日は高潔な奉仕的精神で、いろんな資料を提供してきました。実地に見たバオバブとラタニアの大木、バラモン教の托鉢僧、その他こまごました呪文とかマラタ人とか吠える猿、シーク教徒、サリー、十万ルピー……のことなど」

かさかさの手をこすり合わせながら、彼はつけ加えた。

「彼女は一行につき一スーもらってるんです」

「一スーですって?」私は思わず声をあげた。「どうしてまた一スー?」

「一行二スーもらうやつのために働いているからですよ。そいつは一行四スーのやつのために、一行四スーのやつは一行十スーのやつのために働いている」

「じゃあ、これ、作り話じゃないの?」

「いつも作り話ばかりじゃありませんよ」と、マッソンは溜息をついた。

「その人、なんて名前?」

「マルコです。まあ想像はついていたでしょうけどね。だってかなりの年配の女性たちは、芸術の世界で生きようとすれば、マルコだのレオだのリュド、アルド……などといった名前から自分の名前を選ぶしかないといってもいいほどですからね。これらの名前はみんな、かの親愛なるサンド夫人からきているんですよ……」

「かなりの年配の、ですって？　じゃあ、そのかたはお年寄り？」

ポール・マッソンは、長い髪に埋っていると子供っぽくなる私の顔になんとも名状しがたい視線を落として、「そうです」と言った。

それから改まってこう言いなおした。

「失敬、間違えました。いいえ、と言うつもりだったのに。いいえ、彼女は年寄りじゃありません」

私は勝ち誇って言った。

「ほら、ごらんなさい。やっぱり作り話じゃないの！　彼女の年さえまだ決めてないんだもの！」

「どうしてもとおっしゃるなら……」と、マッソンが言った。

「それとも、あなたはご自分の恋人の女性をマルコって名で呼んでるのかもしれないわね」

「マルコ夫人に恋人になってもらわなくても間に合ってましてね。ありがたいことに、うちの家政婦が恋人なんで」

彼は時計に目をやると立ち上がった。

「ご主人によろしく。もう帰らないと、乗合馬車がなくなってしまいますので。正真正銘のマルコ夫人には、言ってくだされば、いつでも紹介しますよ」

そして暗誦でもするように、早口にまくしたてた。

「彼女は私の高校時代の仲間でV…という絵かきの妻君なんです。この男のために彼女はおそろしく不幸な目にあった。理想の高い人だから、いたたまれず家を飛び出した。彼女は相変らず美しい才女だが、文無しです。ドゥムール街の下宿屋に住んでいて、朝食こみで月八十五フラン払ってます。生活は匿名の連載小説とか、新聞の帯封や封筒の宛名書きといった書きもののほかに、一時間三フランの英語のレッスンなどをして立てています。愛人は持ったことなし。ほら、この作り話も現実と同じくらい鬱陶しいでしょう?」

私はピジョン・ランプに灯をともして彼に渡し、階段のところまで送っていった。彼が降りていく間、先の反り返った山羊ひげを小さな炎が下から赤く染めていた。

〈マルコ〉の話も聞きあきたころ、私はポール・マッソンに、彼女に紹介してくれるように、でもジャコブ街に彼女を連れてはこないように頼んだ。というのも、彼女は私の倍近い年だと聞かされていたので、若い女が自分より年上の女性に会うには自分のほうから出向くのが礼儀だと思ったからだ。ドゥムール街には、もちろんポール・マッソンもいっしょについてきてくれた。

マルコ・V…夫人が住んでいた下宿は取り壊されていまはない。一八九七年ごろには、かつて別荘だったころの庭を偲ばせるものといっては、檀《まゆみ》の生垣と砂利の出入道と五段の石段が残っているだけだった。玄関先からもう私は暗い気持になった。というのも、おいしそうな料理の匂いとはお世辞にも言えないが、ともかく台所から洩れてくるある種の匂いが、ひどい貧乏ぶりを物語っていたからだ。二階に上がってポール・マッソンが一つのドアをノックすると、マルコ夫人の「お入りください」という声がした。高からず低からず、明るくよく通る、申し分のない声……なんということだろう！　マルコ夫人は若々しかった。マルコ夫人は絹の服を着て、美しかった。マルコ夫人は小鹿のような黒に近い切れ長の目をしていて、鼻の頭に小さな筋を一本つけ、髪は赤く染めて、前髪はイギリスの女王と同じに海綿のようにひどく縮らせ、項は女流の画家や音楽家がやるようないわゆる〈風変りな〉短い巻き毛になっている。

彼女は私を〈若奥さん〉と呼んで、マッソンがよく私のことや私の長い髪のことを話してくれたと言い、そして、ポルトもボンボンもなんにも差し上げるものがなくて、と軽く詫びた。彼女は気さくに自分の生活の場を見せてくれたが、その指さすほうを見ると、モケット（ビロード風の織物―訳注）が小型の丸テーブルを隠し、一つしかない肱掛椅子の布地はテカテカに光り、二脚の椅子の上にはそれぞれすり切れたアルジェリア模様の円い小さなクッションが置かれていて、床には何か敷物が敷いてあった……暖炉は本棚代りになっている。

「掛時計は押入れにしまいこんでしまったのよ。あれじゃ、ほんとにそうするしかなかったんですもの。幸いもう一つ押入れがあるので、それを化粧室代りにしてるの。タバコはお吸いにならないの?」

私がいいえという仕種をすると、マルコは明るいところへ行って自分のタバコに火をつけた。すると、彼女の絹の服の襞という襞がすり切れているのが見えた。襟もとにわずかにのぞいている下着は真白だった。マルコとマッソンはタバコを吸いながら談笑していた。マルコ夫人はすぐに、私が話をするよりも聴いているほうが好きなことを察したのだ。私が古金色とガーネット色の縞模様の壁紙や、ベッドや、綾織木綿のベッド・カバーをつとめて見ないようにしていると、マルコ夫人は言った。

「それより、あの小さな絵をごらんなさいな。あれは私の主人の絵なんです。あまりすてきなものだから、とっておいたの。ほら、イエール（ツーロンの東方にある中世の美しい港町―訳注）のあの場所ですよ、おぼえていて、マッソン？・」

マルコもマッソンもその小さな絵も、みんないっしょにイエールに行ったのだ、と羨みながら、私はその三者を見くらべた。たいていの若い者の例で、私もふと話の相手たちから遠く離れて自分のなかに引きこもり、それから急に心機一転してまた彼らのところに戻り、ついでもう一度彼らから離れるという特技があった。マルコ訪問の間じゅう、彼女のこまやかな心遣いのおかげで、私は煩わしい言葉のやりとりをしないですみ、じっとしたまま自由に行ったり来たり、観察したり目を閉じたりしていられた。彼女のありのままの姿を見て、私は喜んだり悲しんだりした。というのも、彼女の整った顔だちは美しいのに、肌は男の人の肌みたいに少しざらざらした、いわゆる鮫肌で、耳の下や首筋のところどころが赭《あか》らんでいたからだ。しかし、一方では、生き生きとした聡明な微笑や、小鹿のような眼《まなこ》や、いつも昂然と頭をもたげているが、それでいて気どったところの微塵もない様子は、私をうっとりさせるに十分だった。美女というより、十八世紀を飾った、美貌を恥じぬあの凛々《りり》しく優美な貴公子に近かった。マッソンによれば、彼女はとくに祖父のル・シュヴァリエ・ド・サン＝ジョルジュに似ているそうだが、この華々しいご先祖さまは私の話には登場してこない。

私はマルコとすっかり親しくなった。そして彼女が例のインドの小説（一行十ストーの男はそれに『殺す女』とかいう題を与えた）を書き終えると、ウィリーさんは、自尊心を傷つけずにいくらかでもマルコを助けたいと考えて、図書館の調べ物を依頼した。それで彼女はわずかながら謝礼を受け取り、また私が熱心に頼めば、不意のときでも食事をともにしてくれるようになった。立派な食事の作法を習うには、ただ彼女をじっと眺めていればよかった。ウィリーさんは上品好みを広言していたから、マルコの優雅な物腰や、折目正しく融通のきかぬ、少し峻厳な性向にすっかり満足のてい*い*だった。もう二十年遅く生まれていたら、きっと彼女はすばらしいジャーナリストになっていたにちがいない。夏がきて、この貧しくとも気品のある、愛すべき友をフランシュ゠コンテの山村に誘おうと言い出したのはウィリーさんだった。彼女は痛々しいほど軽い荷物を持ってきた。しかし、その当時は、私自身ほんの少しのお金しか自由にならなかったので、私たちは音のよく響く二階建の宿屋の階上に落着き、できるだけ居心地よく部屋をしつらえた。ほとんど出歩かないマルコは、木のバルコニーや籐椅子があれば十分で、休養と、夕暮になると山々の上にひろがる鮮やかな紫と、鉢いっぱいの木苺に飽くことを知らなかった。昔よく旅をした彼女は、夕闇に深々と穿たれる谷間の景色をあちこちの風景とくらべたりした。マルコがポール・マッソンからの絵はがきと、国立図書館で作家の資料あさりを手伝っている仲間の一人からの、これも絵はがきの、〈楽しい夏休みを!〉のほかはどんな便りも受け取らないことに気づいたのもあの高原でだった。

暑い午後には、マルコはバルコニーの日除けの陰で下着の繕いをした。縫い方は上手ではないが、丁寧だった。私はそんなマルコに「細い針にそんな太い糸では無理よ」とか、「シュミーズの肩紐に空色のリボンなんて合わないわよ。ピンクのほうが下着にも肌にもよくうつってきれいだわ」とか、お節介をやいて得意になったものだ。やがて私はほかのことにも口を出すようになり、それは白粉《おしろい》や口紅の色や、美しい瞼を隈どっている眉墨のきつい線におよんだ。「そうかしら? そうかしら?」と、マルコは問い返すが、私の若い権威はゆるがなかった。私は櫛を取り、海綿のような前髪にあでやかな分け目をつける。あるいはいっぱしの玄人ぶって、眼差をぼうーと霞ませ、頰骨からこめかみにかけておぼろな茜色の輝きを与える。だが、見苦しい首の肌と頰に穿たれた長い陰翳はどうしていいかわからなかった。彼女の美しい顔だちを引き立たせているこの炎のような輝きも、あまり顔の感じを変えてしまうので、あわてて私は拭いとってしまった。それでも、竜涎香の粉をふりかけ、パリより栄養も十分な彼女は、だいぶ元気が出てきて、かつて画家のよき妻として、ギリシャの小さな町からモロッコの村へと絵筆を洗い、茄子やピーマンなどを揚げながら夫について行った旅の思い出の一つを話してくれた。彼女は突然縫う手を休めてタバコに火をつけ、その柔らかい草食動物のような鼻孔から煙を吐き出す。しかし、土地の名はあげても友人たちの名は言わず、生活の不便さは語っても心の苦しみには触れず、私もそれ以上深くはきけなかった。彼女は午前中を一行一スーの新しい小説のはじめの数章を書くのに使っていたが、初期キリスト教徒に関する資料が手もとにないので仕事はいっこうに捗らなかった。

「闘技場のライオンと兵士たちの餌食になる金髪の乙女と嵐のなかを落ちのびるキリスト教徒のことを書いてしまったら、私の考証学の知識は底をつくのよ。あとはパリに帰ってからだわ」

さっき私は、彼女とすっかり親しくなった、と言った。たしかにそのとおりだ、友情というものを、相手に対する心遣いを注意深く隠し、あらゆる尖端、あらゆる稜角を丸くした、めったに見られぬような円満な人間関係というふうに狭く限定するならば。私はマルコの真似をし、その〈淑女〉ぶりを見習って損をすることは何もなかった。そのうえ、彼女は私に微塵も不信を抱かせなかった。他人を傷つけるようなことを嫌い、女同士の競争からいっさい身を引いている清々しい感じの女《ひと》だった。しかし、恋愛の場合なら問題にならない年齢の差も、友情となるとかなり敏感にひびく。ことに女同士の間で、しかも友情がいま始まったばかりのところに、恋愛と同じに一気にそれを発展させようとするときには。久しぶりに田舎にやってきた私は、水の流れや露のおりた牧草地を求め歩く、片時もじっとしていない溌剌とした休暇が楽しみたくてうずうずしていた。

「マルコ、あしたは早く起きて、野生のシクラメンや紫きのこの生えてる樅《もみ》の木の下へ行かない？　そして、朝の時間をそこで過すのよ」

マルコは思わず身ぶるいし、かわいい両手を絡み合わせながら言った。

「まあ！　とんでもない……ひとりで行ってらっしゃい、ひとりで……仔山羊さん……」

言い忘れていたが、ウィリーさんは最初の一週間が過ぎると、〈用事で〉パリへ帰っていたのだ。彼はときどき短い手紙を書いてよこしたが、マラルメとフェヌロンばりのその文章は、ギリシャ文学の擬音語やドイツ語の引用、英語の愛の言葉で薬味をきかせてあった。

そこで、私は樅の木とシクラメンのあるところへはいつもひとりで登った。燃えるような太陽と、苔の上に生い茂っている草叢の夜の名残りの冷えびえとした感触との対照には、人を酔わせるようなところがあった。昼食には戻るまいと何度となく思うものの、マルコのことを考えて私は帰っていった。彼女はまるで二十年来たまりにたまった疲労を洗い落とさねばやまぬ、といった様子で、休養をじっくりと味わい楽しんでいた。目を閉じ、薄化粧の下に蒼白い肌をのぞかせたその顔は、まるで恢復期の衰弱しきった病人のようだった。夕方近くなると、彼女は村の道に沿って少し散歩した。それは村を横切るときでも森のなかとほとんど変らない、曲りくねったすてきな道で、歩くと足もとで冴えた音をたてた。

他の〈避暑客〉だって、私たちより活動的だったわけではないのだ。私と同年配のかたならおぼえておいでだと思うが、一八九七年ごろの田舎の夏は、今日の賑やかな避暑地とは似ても似つかぬものだった。いちばん活動的な連中でさえ、散歩といえばせいぜい、石盤色の岩塵を含んだきれいな渓流に、折畳椅子や編物、小説、おやつ、役にも立たない釣竿などを携えて出かけるくらいだった。満月の夜には、七時の夕食がすむと、若い男女は三々五々連れ立って遠くまで散歩に出かけ、帰ってくると、立ちどまっておやすみを言い合う。

「あした、自転車でジエの滝まで行くつもり？——まあ！　私たち、そんな先の計画まで立てないのよ。お天気しだいだわ」男たちは黒かクリーム色のアルパカの上着の下に二列の飾りボタンのチョッキ・ベルトをつけて、碁盤縞の鳥打帽や藺草の帽子をかぶり、若い娘や主婦たちはまるまる肥った食いしんぼうぞろいで、白いリンネルや絹紬のワンピースを着ていた。袖口をまくり上げると白い腕がのぞき、真赤な陽焼けも鍔広の帽子のために額までは届いていない。大胆な家族は、〈水浴〉と称して、午後、村から小一里ほどの川幅の広くなったところに泳ぎに行った。おかげで、宿の夕食の席では、子供たちの濡れた髪があたりに池と野生の薄荷草の匂いを漂わせたものだ。

ある日、私あてに手紙二通と『芸術と批評』の切抜き、その他たくさんの郵便物が届いたとき、マルコは私に心おきなく読ませようと、籐椅子のラフィアのクッションに頭を凭《もた》せ、目を閉じて、例の恢復期の病人のような姿勢をとった。彼女は生麻の部屋着をまとっていたが、これは私と二人っきりで室内や木のバルコニーにいるとき他の衣類を大切にするためにいつも着ていたもので、それを着ているときのマルコは、彼女をいっそう美しく見せる愁わしげな特徴がはっきりと現われて、まぎれもなく彼女の時代と年齢の女であった。わざとこめかみを狭く見せる独特のウェーヴ、けっして反対の方向には向きそうもない独特の短い前髪、鯨骨入りの襟にまっすぐに支えられた顎、けっして組んだりしないでいつもきちんと揃えている膝、それにあの粗末な部屋着自体も、仕事着の簡素さには程遠く、胸もとや袖口をまがいのレースで飾りたて、腰には小さな襞がとってあった……

こういった彼女の時代と性格の特徴は、私たちの世代が否定しようとしていたものだった。天使のような新しい髪型やクレオ・ド・メロード（ベルギーの名門の出の美貌のバレリーナ。当時のパリ社交界に君臨した—訳注）のヘア・リボンが、鍔広の麦藁帽や英国風のシャツ・ブラウス、タイト・スカートとよく合っていた。自転車とゆったりしたキュロットがどの階級にも浸透していた。私も糊のきいたブラウスの襟やイギリスからくる粗毛のセーターに夢中になりはじめていた。モードは、最近のと最新のとではあまりに違いが目立つようになったので、すぐに前のものを捨てて新しいものに走る余裕のない女性は屈辱を味わわずにはすまなかった。ときどきおしゃれの衝動を抑えつけられることのあった私は、けなげにくたびれた二着のローブと薄色の上着二枚だけで辛抱しているマルコの心中を察して心が痛んだ……

ゆっくりと手紙をたたみながら、私は眠ったふりをしているマルコから注意をそらさなかった。一八七〇年か七五年ごろは美しかったにちがいないが、慎み深く貧しいために、一八九八年の今日ではもう私たちの世代の流行についてくるのを諦めてしまっている女性。私は若い女にありがちな頑迷さでこう考えていた、「私がマルコだったら、こんなふうに髪を結い、こんなふうな服装をするのに……」それから彼女の弁護にまわり、「でも、お金がないんだわ。私にもっとお金があったら、助けてあげるんだけど……」と。

マルコは私が手紙をたたんでいるのを聞きつけ、目をあけて微笑んだ。

「いいお便り？」

「ええ……ねえ、マルコ」と、私は思いきって尋ねた。

「あなたのはここに届くようにはしてないの？」

「してますとも。でも、あなたのお目にとまるもののほかには一通もないのよ」

私が黙っているので、彼女は一気につけ加えた。

「ご存知のように、私、夫と別れたでしょう。V…の友達は幸いそのままV…の友達でいるけど、私の友達ではなくなったわ。子供が一人、二十年前に生まれたんだけれど、赤ん坊のころに亡くしてしまって。それに恋人は一度も持ったことがないの。それだけの話よ、おわかり？」

「恋人は一度も持ったことがない……」私は彼女の言葉を鸚鵡返しに繰り返した。

マルコは私の唖然とした様子を見て笑った。

「それ、そんなに驚くことなの？　まあ落着いて！　そんなこと私はこれまでほとんど、そしていまではもうこれっぽちも気にしてないわ」

澄んだ空気と栗の木の緑に憩わせた彼女の美しい目から、私は視線を知的な鼻の頭の小さな筋へ、真白ではないが健康な美しい歯並びへと移した。

「とってもおきれいなのに！」

「まあ！」と、彼女は嬉しそうに言った。「これで殿方の心をときめかしたことだってあるのよ。そうでなければ、V…も私と結婚したりしなかったでしょう。隠さずに言えば、私は大きな煩悩が、いわゆる情欲という煩悩がないようにできてるらしいの。頬に血が上り、目はひきつり、鼻をぴくぴくさせるなんて、とてもとても！　経験したこともなければ、経験したかったとも思わない。信じてくださる？」

「ええ、ええ」と、私はぴくぴく動くマルコの鼻孔を見ながら、機械的に答えた。

彼女はその細長い手をごく自然に——それが彼女にとってたやすいことではないのを私は知っていた——私の手に重ねた。

「とっても貧乏なの、いまは。そして、貧乏になる前は絵かきの妻という役でしょう。それがまたひどく体を使う、まるでおさんどんみたいな仕事でね……なすこともなく、きちんと身なりを整え、秘かにおしゃれをしている暇、逢引に駆けつける暇――つまり、恋をしている暇がいったいどこにあったかしら?」

彼女は溜息をつき、私の髪に両手をやってこめかみのほうへ搔き上げた。

「どうして額の上のほうをも少しはっきり出さないの? 私が若いころはこんなふうに結ってたものよ……」

野良猫のようなこめかみを剝き出しにされるのはたまらなかったから、私はその小さな手を逃れ、大声をあげてマルコの言葉を遮った。

「だめよ! だめよ! 私のほうが結ってあげるのよ。とってもいい考えがあるの!」

ときどき軽い打ち明け話をしたり、閑居の遊びに打ち興じたりしながら、私たちは、あるときは修道院の作業室におけるようなせわしない時を、またあるときは恢復期のような無為の時を過していたが、この快適な夏休みが、二人に真に親しい結びつきを与えてくれたようにはおぼえていない。私はマルコに敬意を抱いていたものの、こと現実問題や感情問題となると、逆にほとんど彼女の考え方を尊重しない傾きがあった。彼女が、自分はあなたの母親になってもおかしくない年ごろだ、と言ったとき、私は、いかに二人が仲睦じいといっても、それはけっして私の母に対する真の熱愛にも、若い女性との友愛にも似ることはあるまいと痛感した。といっても、当時の私には同年配の女友達は、未婚既婚を問わず、一人もいなかった。同年配なら、心おきなくはしゃぎ合い、暗黙のうちに了解し合い、馬鹿笑いに、運動競技に、ちょっと乱暴な満足の表現に若い活力をぶっつけ合ったりすることができただろうけれど、彼女の年齢と繊細な神経や性格では、彼女自身にも、したがって私にもそれは不可能だった。

私たちはおしゃべりをしたり、本を読んだりした。私は子供のころ夢中になって本を読んでいたし、マルコには深い教養があった。はじめ私は、マルコの豊かな記憶と精神から絶えず何かを学び取ることができると思ったが、そのうち彼女が何か倦み疲れたように、そして自分自身の言葉も信じられないといった様子で受け答えするのに気がついた。

「マルコ、あなたはどうしてマルコっていうの?」

「本名がレオニーだからよ。レオニーではV…の妻にはふさわしくなかったっていうわけ。私が二十歳《はたち》のとき、総《ふさ》のついたトルコ帽を斜めにかぶり、角型のトルコ風スリッパをはいてV…のモデルになったのよ。描きながら彼はこんな古いロマンスを歌っていた。

好きかい、美しいマルコ、

花咲くサロンで踊るのが……

好きかい、闇夜に踊るのが……

タナナ、タナナナ……

あとは忘れちゃったわ……」

マルコが歌うのはそれまで聞いたことがなかった。それは老人にときどき見られるようなかぼそい、澄んだ声で、正確だった。

「この歌は、私が若いころにはまだ歌われてたわ。絵かきのアトリエはあまり感心しない歌の普及にたいへん貢献したものよ」

彼女は自分の過去から、皮相な皮肉しか取っておきたくないと思っているようだった……そこにはじらいを含んだ静かな諦念を読みとるには、私はまだ若すぎた。

しかし、フランシュ゠コンテでのこの夏休みの終り近くになって、マルコに思いがけないことが起った。北アメリカで絵を描いていた夫が公証人を通じて、一万五千フランの小切手を送ってきたのだ。彼女は笑いながらこう言っただけだった。

「あの人には、いま公証人がいるの？　まあ驚いた！」

それから小切手と公証人の手紙を封筒に戻すと、それっきりそれには触れようとしなかった。しかし、夕食のとき、彼女は少し上気していて、給仕女にシャンペンはあるかと小声で尋ねた。私たちはシャンペンを取ったが、甘ったるく生ぬるいうえに、かすかにコルクの匂いさえして、二人で壜の半分しか飲まなかった。

二人の部屋の間のドアをいつもの晩のように閉める前に、マルコはぽかんとした様子で私にいくつか質問をした。

「この冬もビロードのコート、ほら、あの袖の広いコートよ、わかる？　あれまだ流《は》行《や》ってるかしら？　春にあなたがかぶってたすてきな帽子、鍔が屋根みたいに傾いてるあの帽子はどこのお店のもの？　私、とっても好きだったわ——もちろん、あなたがかぶってるところがよ」

彼女は軽やかな口調で話し、私の返事などほとんど聴いていないようだった。私のほうも、彼女がそれまで、どれほど立派な衣裳や真新しい下着に対する飢えと渇きを隠そうとしていたか、気づかないふりをしていた。

翌日の朝は、彼女ももうすっかり落着きを取り戻していた。

「結局のところ」と、彼女は言った。「なぜ私が、あの……つまり主人から送ってきたお金を受け取るのか、わからないわ……いま、彼が私に施しをしたいからといって、私がそれを受け取る理由はないんじゃないかしら……」

彼女は話しながら、部屋着のありふれた縁飾りのレースの、洗濯屋に引きほどかれた糸をしきりにひっぱっていたが、その部屋着の間からは、質素を通りこした下着がのぞいていた。私はいらだって、まるで姉が妹を叱りつけるように、マルコをたしなめた。私自身恥ずかしい思いをするほど声を荒げたけれど、マルコは笑いながら、こう言っただけだった。

「まあまあ、そんなに怒らないでちょうだい。あなたのご意向だから、私、V…殿に養ってもらうことにするわ。たしかに、今度は私が養ってもらう番だわ」

私は頬をマルコの頬に押し当て、そのまま二人は、荒々しい赤褐色の太陽が天頂に達し、山々を二分していた影という影を消し去るのを眺めていた。川の曲り角が遠くできらきら光っていた。マルコは溜息をついた。

「あれ、高いかしら、全体がリボンでできていて、靴下止めの先にロココ風のばら飾りのついたかわいいガードル？……」


パリに帰ると、マルコはふたたび連載小説に取りかかった。と同時に、青あざみを三つ飾りつけた帽子や色あせた黒い服、濃いグレーの手袋、学童用のかばんにまたお目にかかるようになった。彼女はおしゃれすることを考える前にまず住居を変えようと、簡易台所と化粧室のある家具付二間の一階のアパートを向う一年間借りることにした。そこは真昼間でも暗かったが、ベッドと窓にかけた紅白の更紗はあまり傷んでいなかった。マルコは昼は国立図書館の近くの暖かい簡易食堂で栄養をとり、夜は自宅で紅茶とパンとバターですませたり、わが家の夕食にうまく引きとめることができたときは、いっしょに、普通の家庭のようなポタージュと焼肉の代りにスタッフド・オリーヴと白ぶどう酒漬の巻鰊を食べたりしていた。ときにはポール・マッソンが、ビュッシ街のキエ菓子店からとてもおいしいチョコレート入りのお菓子〈キエ〉を買ってくることもあった。

マルコは愚痴もこぼさず、すっかり仕事に打ちこんでいて、十月に入ってよく雨が降るようになってやっと一枚、アスファルトの匂いのする防水コートの類《たぐ》いのものを買っただけだった。ある日、彼女が罪を犯した小鹿のような目に不安の色を浮かべてやってきた。

「ほら」と、彼女は打ち明けて言った。「私、叱られに来たの。このコート、どうも慌てて買いすぎたみたいだわ。こんなんじゃなかったって気がするのよ、欲しかったのは」

その妹のようにおずおずした様子がおかしかったけれど、コートを点検しているうちに笑いが止まってしまった。ほかのことではあれほど趣味のよいマルコが、抜きがたい悪癖に操られて、粗悪な生地、ひどい裁断、いやな飾り紐のコートを選んでいるのだ。

すぐ翌日から、私は暇を見つけてはいっしょに出かけて、彼女の身なりを整えにかかった。二人ともまだ高級デザイナーの店に出入りできるような身分ではなかったけれど、マルコが黒っぽいテーラード・スーツや白い胸当てのついた紺サージのローブを着て、細っそりと若返るのを見るのが私は楽しかった。そのほかアストラカンのボックス型のトッパーに帽子二つ、それに下着類など全部で、驚くなかれ、千五百フランにもなった。私が絵かきのV…から送ってきた軍資金を大切にしなかったのがこれでわかるだろう……

マルコの髪型にも文句をつけたいところだったが、このシーズンはちょうど髪型も量感も変るところで、マルコは流行に一歩先んじているようにも見え、それには私のほうが心から羨望を感じた。というのも、私の長い髪は、編んで〈女神ケレス風に〉頭のまわりにぐるぐる巻きつけても、ジュール・ルナール言うところの〈釣瓶縄式に〉スカートの裾まで垂らしておいても、いずれにしろ私の生活を陰鬱にしていたからだ。

ここで一つ、ある夜の思い出を語っておこう……ウィリーさんは外に用事があったので、夕食のあと、マルコとポール・マッソンと私の三人になった。三人だけのときは、私たちはいつもまるで禁でも犯すように秘かに陽気になり、少し子供っぽくなり、なんだか安心しきったようになるのがつねだった。マッソンが新聞小説を朗読することもあった。高慢な侯爵夫人だの、温室での仮装宴会だの、〈疾駆する〉サラブレッドによって引かれた箱馬車だの、百千の危険にさらされる顔面蒼白の、だが果断な若い娘たちだのが果てしもなく出没する小説で、私たちは心から笑うのだった。

「ああ！」と、マルコが溜息をつく。「私は絶対にこんなにうまく書けないわ。連載小説に関しては、いつまでたってもほんの素人よ」

「ほんの素人さん」と、ある晩マッソンが言った。「ほら、あなた向けの記事がありますよ。〈個人広告欄〉のなかから拾ったんですがね。〈著名な文学者、若い作家志望者の創作指導引き受けます。両性可〉」

「〈両性可〉ですって！　お次をどうぞ、マッソン。私は一つの性しか持ってないし、その一つだって半分は怪しいと思っているくらいなの」

「では次に参りましょう。〈パリ近郊駐屯部隊勤務の愛情こまやかにして教養ある現役中尉、才たけて心やさしき女性との文通を望む〉結構、結構。だが、この軍人は文通しか望んでいないようですね。なに、かまうことはない。みんなで一つ手紙書いたらどうかな？　書きましょうよ。最優秀作にはコレールのナッツ入りチョコレート〈ジャンデュヤ〉一箱進呈」

「大箱なら私も参加するわ。マルコ、あなたは？」

マルコは小さな筋のある鼻の頭をメモ帳の上にかしげて、もう書き出していた。

マッソンは婉曲な淫らさとユーモアが張り合っているような二十行をひねり出し、私は無精をきめこんで最初の一ページから投げてしまった。ところが、マルコの手紙のなんとすばらしかったこと！

「一等賞！」と、私が叫び、

「豚ニ真珠……」と、マッソンが呟いた。「これを出しましょうか？　局留、第五九局、アレックス二。どれ、貸してください、私が引き受けましょう」

「別に危険なことでもないでしょうし」と、マルコが言った。

手紙コンクールが終ったので、彼女はレインコートを着、鏡の前でぴったりした帽子――私の選んだ――をかぶった。この帽子は彼女の頭をぐっと小さく、目を、下げた鍔の下でとても大きく見せた。

「ほら、ごらんなさい。これが愛情こまやかにして教養ある中尉さんたちを誘惑する年増女よ！」と、マルコは声を高めた。

ピジョン・ランプを手に、彼女はポール・マッソンの先に立った。

「今週はほとんどお会いできないわ。二つも宿題があるの。古代ローマの二輪馬車競争と、ライオンの穴に放りこまれたキリスト教徒のお話だけどね」

「それ、どこかで読んだことなかったかな……」と、マッソンがなにげなく言った。

「そうでなくちゃ困るわ。どこにでも出ている話でなければ、どこで資料を集めたらいいの？」

その次の週、マッソンはまた新聞を持ってきて、縦に筋の入った固い爪で〈個人広告欄〉のなかの三行を指さした。〈アレックス二五に「なんという厚かましさ」ではじまるすばらしい手紙の主、住所お知らせ乞う。誓って秘密厳守〉

「マルコ、あなたは〈ジャンデュヤ〉の箱ばかりか、ピエール・ヴェベール（一八六九―一九四二。喜劇作家、小説家、シナリオライター―訳注）の言う〈最上段のゆで卵立て《エッグ・カップ》〉（縁日の賞品で、この場合は特等賞くらいの意味―訳注）まで獲得したってわけね」

マルコは肩をすくめて言った。

「悪ふざけだわ、私をこんな目に会わせるなんて。かわいそうに、この人、いずれからかわれたって思うにちがいないわ」

マッソンはさぐるような目をいやがうえにも細めて言った。

「もう同情ですか！」

これらの思い出ももう遠い昔のことになってしまったが、しかしいまでもそれははっきりと脳裡に焼きついていて、当時の長い日々を隠している避けがたい靄のなかからあざやかに浮かび上がってくる。靄の彼方には、仕上げの総稽古とかレストラン・プッセでの夜食といった単調な楽しみがあり、動物のように欣喜雀躍するかと思うと鬱陶しいふさぎの虫に捕えられ、臆病で人見知りするかと思うと自在に大胆な夢を追っている私の姿がぼんやりと霞んでいるが、しかし、友人たちの顔だけは少しも損なわれずに、当時そのままにはっきりと輝いて見える。

これも十月末か十一月の雨の夜だったが、マルコが遊びにきた。防水コートのコールタールの匂いがしていたことをおぼえている。彼女が私にキスをしたとき、その柔らかな鼻が濡れていた。彼女は赤く燃えているサラマンドル・ストーヴの前で喜びの溜息をつくと、かばんを開けて言った。

「ちょっと読んでみてちょうだい。なかなか結構なお手並みじゃない？　この……この兵隊さん」

あえて読後の感想を一言で言うとしたら、結構すぎる、というところだった。下書を書いては捨て捨てては書いた、練りに練った手紙。世間並みに詩心のある、内気な男の手紙……

「それじゃ、マルコ、あなたは彼に手紙を書いたの？」

おとなしいマルコが面と向かって私を笑った。

「慧眼なあなたには何も隠しておけないわ！　書いたかって？　一度じゃないわ！ああ、罪を犯すとお腹がすく！　お菓子か林檎かなァい？」

マルコがしとやかに食べている間、私は筆相学の知識をひけらかして見せた。

「ごらんなさい、マルコ、あなたの〈兵隊さん〉が書きはじめた文字を消して、それをどんなに入念に隠そうとしているか。かけひきがうまくて、しかも感受性の強いしるしね。書いた人は、クレピウ゠ジャマンの言う、人にからかわれることを好まぬタイプの人間だわ」

マルコはうわの空で相鎚を打っていた。生き生きしてきれいだな、と私は思った。彼女は自分の顔を鏡に映して眺めながら、唇を開き、歯を嚙み合わせて作り笑いをした。白い歯の女が鏡を前にすると、たいてい、せずにはいられない仕種である。

「歯茎を赤くする練歯磨はなんと言ったかしら、コレット?」

「たしか、〈チェリーズ〉とかなんとか……」

「そうそう、わかった、〈チェリーズ練歯磨〉だわ。お願い、ポール・マッソンには、私が手紙の件でとっぴなことしてる話なんかなさらないでね。彼、いつまでも人をからかう質《たち》なのよ。この軍人さんと物笑いになるほど長くつきあうつもりはないの。あ、忘れてた……主人からまた一万五千フラン送ってきたのよ」

「〈マサカ、ソゲナコツガ!〉って言うところね、私の田舎なら……そのニュース、ほんとにただ忘れてらしたの？」

「もちろん、ただ忘れてたのよ」

彼女は驚いたように眉をつり上げたが、それは、お金のことなどつねに二義的な問題よ、と優雅に言いきかせるふうだった。


このときから、マルコにとってすべてが急展開を遂げていったように思われる。あるいは、それは私が彼女から遠ざかったためかもしれない。そのころ私は何度か引越しをしたが、最初の引越しのとき、ジャコブ街（左岸―訳注）からクールセル街（右岸―訳注）の上手《かみて》へ、暗い小さな住居から、屋根がガラス張りのため暑さ寒さに敏感で、光もふんだんに入ってくるアトリエに移ったのだ。私は自分に何ができるか見せたかったし、芽生えつつあった贅沢好み――まだ慎ましいものではあったが――を満足させたい気持もあった。で、私は白い山羊皮やシャボッシュ製の折畳式浴槽を買ったりした。

薄明りと左岸と図書館に慣れ親しんでいたマルコは、アトリエのガラス張りの屋根の下で、美しい目を細めて白い模造の熊皮をかけたソファを眺めるのだった。私の新しい髪型が彼女には気に入らなかった。高く結い上げた髷《まげ》が額までくる黄金兜《カスク・ドール》スタイルで、これが良家の娘たちの項《うなじ》にまで達していたのだ……

こんな些細な引越し騒ぎなどほんとうは話すほどのことではないが、ただ、ひところのマルコが、驚き盤《ゾエトロープ》の絵のようにめまぐるしく展開する切れ切れの短いイメージでしか記憶にないことを理解していただくよすがにもと思ったまでである。彼女が愛情こまやかな中尉の二通目の手紙を持ってきたとき、私はもうセーヌの向う岸に移っていた。マルコが明るい部屋に入ってくるのを見て、ほんとに去年より美しくなっているな、と私は思った。彼女はみんなのお尻に毛をくっつける熊皮を模した山羊皮に坐り、スカートの裾からほっそりと美しい足をのぞかせたが、はいている靴がまたその足によく似合っていた。鼻の頭の小さな筋の上にぴんと張ったヴェールを通して、手袋をした自分の手とはじめて見るアパルトマンを交互に眺めていたけれど、その実、そのどちらもはっきりとは見ていないようだった。私がカーテンを開け閉めするのを陽気に我慢し、立てかけてあるとなんだかお棺みたいな感じのする折畳式浴槽に感心してみせたりした。彼女があまり辛抱強く、それでいて心ここにないといった様子なので、しまいには私もそれに気づいて、単刀直入に訊いてみた。

「ところでマルコ、兵隊さんは？」

彼女はお化粧と近視のせいでぼうっとした目を私の目に据えて、

「元気そうよ。彼の手紙ってすばらしいわ、まったく」

「まったく、ですって？　何通もらったの？」

「全部で三通。そろそろおしまいにしなけりゃって思いはじめてるの。そうでしょう？」

「いいえ。だって、お手紙すばらしくて、結構楽しいんでしょう？」

「局留というのは私の趣味じゃないわ。あそこでは……みんな罪人みたい……よかったら読んでちょうだい」

手袋をした手にちゃんと用意して持っていた折畳んだ手紙を、彼女は私の膝の上に投げてよこした。私はかなりゆっくり読んだ。ユーモアのちっともない、生まじめなその調子にすっかり気を取られていたのだ。

「またずいぶんと変った中尉さんにめぐり会ったものね、マルコ！　彼、内気にさえ邪魔されなかったら、きっと……」

「内気ですって？」と、マルコは言い返した。「もっとうちとけた手紙を交わしたいっていうところまで来てるのよ。なんて図々しい！　内気な人にしては……」

彼女は言葉を切ってヴェールを上げた。きめの荒い肌ところどころ赭らんだ頬がほてっている。だが、いまでは彼女も白粉のはたき方、口紅のつけ方が上手になっていた。私の前には、しょんぼりした四十五歳の女性に代って、潑剌とした四十女が、首筋のあらを隠す立襟に顎を昂然ともたげて坐っている。私は彼女の顔つきがすっかり変っているのも忘れ、美しい目に見とれて、またも「もったいないなあ……」と、心のうちでそっと溜息をつくのだった。

それぞれが新しい住居に移ったためにそれまでの生活が変ってしまい、私は以前ほどマルコに会わなくなったが、それでも彼女の世話はいままでどおりに焼いていた。一方に権威を持たせ、もう一方には忠告を受けたい気持を与える親しい女同士の愛情のリズムのなかで、私は一歩も譲らない若い監督役をつとめていた。マルコのスカートはもっと短くすること、ウェストはもっと絞ること、などと私は決め、古臭い飾り紐や時代おくれの色物や、とくに、マルコがかぶると不思議にどうしようもなく醜くなってしまういくつかの帽子はさっさと取り上げてしまった。彼女はいいなりになり、一瞬ためらって、「そうお？ ほんとう？」などと言い、その美しい瞳が私のほうを横目でちらっと見るのだった。

私たちは好んでエシェル街とアルジャントゥイユ街の角の小さなティー・ルームで会った。セイロン紅茶の渋い香りが滲みこんだ、狭くて暖かい〈英国風の店〉だった。あの遠い昔の食いしん坊の女たちのように、私たちも〈お茶を飲み〉、トーストについでたくさんのお菓子を食べた。私は濃い紅茶にお砂糖をたっぷり入れ、生クリームで真白にしたのが好きだった。そして「エディス、プリーズ、ア　リトル　モア　ミルク、アンド　バター……」などとウェイトレスに頼んで、それで英語を勉強している気でいたものだった。

マルコの著しい変化に気づいたのも、この小さな〈英国風の店〉でだった。それは数日のうちに金髪になったり、麻薬中毒になったりするていの驚くほどの変りようだった。私は彼女が何か危険に曝されているのではないかと案じ、あの性悪の夫に復縁を迫られて怯えているのでは、と考えた……しかし、怯えているのなら、あんなに目に触れるいっさいのものにまったく無関心で、無表情に視線をテーブルから壁へとすばしこくさまよわせているはずはなかった。

「どうしたの、マルコ？……マルコ！」

「なあに？」

「ねえ、どうしたのよ？　また宝船でも着いたの？　それとも何？」

彼女は見知らぬ人に対するように私に微笑みかけた。

「宝船？……いいえ」

そして、一気に紅茶を飲みほし、小声で言った。

「ああ、馬鹿ね、火傷しちゃった……」

彼女の眼差に意識と優しさが蘇り、私の目に驚きの表情を見てとると、独特の奇妙な癖で、まだらに顔を赭らめ、

「あら、ごめんなさい」と、言って、その小さな手を私の手に重ねた。

彼女は溜息をつき、ふっと気をゆるめて、

「ああ、よかった、誰もここにいなくて……」と、言った。「私、少し……なんていうか、気分が悪いの」

「もう少しお茶を飲んだら？　とても熱いのを……」

「いいの、いいの……ここにうかがう前に飲んだポルトがいけなかったんだと思うわ。いいのよ、何もいらないわ、ありがとう」

そう言って、椅子の背に身を凭せて目を閉じた。いちばん新しい服を着て、クリーム色のブラウスの立襟を家宝の宝石といった感じの楕円形の小さなブローチで止めている。彼女はすぐ元気と自然さを取り戻し、新しいハンドバッグの鏡をのぞきなが

ら、私が訊く前に先をこして急いでこう言った。

「ああ、なおったわ。ポルトのせいよ、きっと。そうよ、ポルト！　トララール将軍の子息、アレクシス・トララール中尉といっしょにポルトを飲んだの」

「あら！」ほっとして、私は声をあげた。「それだけのこと？　びっくりさせるわね。とうとう兵隊さんに会ったのね！　どんな人？　手紙どおりの人？　吃《ども》り？　ズーズー弁？　禿頭？　鼻に痣《あざ》がある？」

こんな馬鹿を言って、私はマルコを笑わせるつもりだった。しかし、マルコは冷たくなったトーストを少しずつかじりながら、夢見るような優雅な面持ちで聴いているだけである。

「ねえ」と、彼女はやっと答えて言った。「ひとこと言わせていただければね、トラール中尉は片輪でも化物でもないわ。それは先週からわかっていたことだけど。手紙に写真が入っていたから」

彼女は私の手を取った。

「怒らないで。お話する勇気がなかったの。恐くって」

「何が?」

「あなたがよ。ちょっとからかわれやしないかと思って。それに、ただなんとなく恐かったの」

「でも、なぜ?」

彼女は、わからない、ごめんなさい、という身ぶりをして、胸に両腕を押しつけた。

「これよ」と、彼女はバッグを開けながら言った。「もちろん、とても出来の悪いスナップ写真だけれど」

「写真よりずっといいんでしょう、もちろん?」

「ええ、ずっといいわ……ぜんぜん違うの。とくに表情が」

彼女は私といっしょに写真の上に身を乗り出した、歯に衣着せぬ批評から護ろうとするかのように。

「トララール中尉は頬にこんな刀傷みたいな影はないし、鼻もこんなに長くないわ。髪は栗色で、口髭はほとんどブロンドよ」

一瞬黙ってから、マルコはおずおずとつけ加えた。

「あの人、背が高いわ」

今度は私が喋る番だと気がついて、

「とてもすてきじゃないの！　いかにも中尉さんって容姿ね。なんてすばらしいお話なの、マルコ！　それで、目は？　目はどんな？」

「明るい栗色。髪の毛と同じよ」マルコははずんだ口調で言った。

それから気を落着けて、

「と言っても、私に見えたかぎりではよ」

なんとか隠してはいたが、私はマルコの言葉やその狼狽ぶり、純真さ加減に実は驚いていた。というのも、それはどんな生娘も中尉さんとポルトを飲んだら感じたにちがいない興奮をはるかに越えていたからだ。結婚もし、かつては芸術界に住み慣れていた中年の女に、臆病なおぼこ娘が潜んでいようとは、およそ信じられなかった。マルコにそれを言うのは控えたが、それでも私の声が聞えたとみえて、彼女は中尉に会ったことも、気分の悪くなったことも、中尉自身のことも冗談にしてしまおうとし、私もできるだけそれに協力した。

「それで、今度はいつトララール中尉に会うの、マルコ?」

「そんなにすぐじゃない……と思うわ」

「どうして?」

「だって、待たせていらいらさせなくちゃ!」と、マルコは訳知り顔の人差指を立てて宣言した。「思い焦《こが》れさせる! これが私の主義よ!」

ここでようやく、私たちはお腹をかかえて、馬鹿みたいに笑いこけた。私の記憶では、このときが、わが友マルコが立ちどまって一息ついた最後の休憩場、最後の踊り場であったような気がする。それにつづく日々は、私も大好きだったパリパリ音のする薄いアメリカの紙にせっせと小説を書いていた（私も無署名で）のをおぼえているし、マルコはマルコで、一行一スーの仕事をつづけていた。そんなある日の午後、彼女がやってきた。

「マルコ、兵隊さんからいい便りでも？」

ウィリーさんがガラス戸の向うにいるので、彼女はただ顎と目でいたずらっぽく、「そう、そう」と答え、それからドレスの生地見本を見せた。私の承認なしに選ぶわけにはいかないのだ。彼女は朗らかだった。私は彼女が良識ある女性として、トラール・アレクシス中尉をほどほどに評価するようになったのだと思った。しかし、私の部屋、湿った葦の匂いのする茣蓙《ござ》を壁掛けにした私の隠れ場に二人きりになると、彼女は黙って一通の手紙を差し出し、私も黙ってそれを読んで返した。愛の調べは人をただ沈黙に誘うもので、いま読んだ手紙もまさに愛に、真剣な若々しい愛に満ちていたのだ。それなのに、どうして私はそのとき一言漏らさねばならなかったのだろう？　それこそさし控えるべき一言だったのに。いま読んだばかりの言葉のみずみずしさとそこに滲みわたっている敬意を思い出して、私はうっかり口をすべらせてしまったのだった。

「彼、いくつなの？」

マルコは顔に両手を押し当てると、突然しゃくりあげ、呟いた。

「ああ、恐い！……」

しかし、すぐ次の瞬間には気を取りなおし、顔から手を離すときつい声で自分を叱りつけた。

「あら、いけない。今晩、彼と食事をするというのに」

そして濡れた目を拭おうとするので、私はとめた。

「私にやらせて、マルコ」

両の拇指《おやゆび》で上瞼を額のほうへ持ち上げ、マスカラが涙に触れて溶けないように、こぼれ落ちそうな二粒の涙を押し戻した。

「ほら、ちょっと待って、まだよ」

私は彼女のお化粧をすっかりなおした。唇が少し震えている。彼女は傷の手当てでもしてもらっているように、溜息をつきながらじっとされるがままになっていた。最後に、私は彼女のバッグのなかのパフにもっとばら色の白粉を含ませた。二人ともずっと無言のままだった。

「どんなことがあっても泣いちゃだめよ。絶対に涙に負けないようにね」と、私が言うと、彼女はまさか、と言わんばかりに笑った。

「それでも、まだ別れるところまではいっていないのよ！」

いちばん明るい鏡の前にひっぱっていくと、彼女は自分の姿を見て唇の端を震わせた。

「これでいいかしら、マルコ？」

「よすぎるわ」

「よすぎるなんてことはありっこないわ。首尾を聞かせてくれる？　いつ？」

「この次くるときにね」と、マルコは答えた。

翌々日、荒れたお天気にもかかわらず彼女はやってきた。暖炉の通風用ブリキ板がガタガタと風に煽られ、石炭の煙と匂いがシュベルスキー・ストーヴ（緩慢排煙の可動性ストーヴ—訳注）に押し戻される、変に生暖かい日だった。

「こんな嵐のなかを出てきたの、マルコ？」

「お天気なんてどうだっていいの。下に辻馬車を待たせてるから」

「夕食をいっしょにしていかない？」

「していられないのよ」と、彼女は顔をそむけて言った。

「そう。でも、馬車は帰せるんじゃない？　まだ六時半よ。時間はあるでしょう？」

「それが、ないの。私の顔、どうお？」

「いいわ。とってもいいわ」

「そうお？　でも……お願い！　大急ぎでおとといと同じようにしてちょうだい。それから、アレックスを家に迎えるには、何がいちばんいい？　外出着かしらね？　第一、適当な部屋着はないし……」

「マルコ、訊かなくったってわかってるでしょ……」

「いいえ、わからないの。それはパンジャブ（インド半島西北部、インダス流域地方——訳注）を舞台にした連載小説を書いたから、私がインドのことを知ってるはずだって言うのと同じだわ。実はね、彼が家に届けさせてくれたの……一種の即席料理だけど、鶏のショーフロワにシャンペンに果物に……私と同じで、レストランが大嫌いだって……ああ、そうそう……」

と、手を前髪と額の間に押し当てて、

「この前の土曜日に古着屋で見たあの黒いドレス、あれ買っておけばよかった……ちょうど私のサイズでね、リバティー絹のスカートにレースのコルサージュだったわ……ねえ、極薄のストッキング、貸してくださらない？　こんな時刻ではもう買いに行く暇がないのよ……」

「ええ、いいわよ」

「ありがとう。花を一つつけたら、ドレスが明るい感じにならないかしら？……だめね、コルサージュに花なんて。アイリスの香水は流行遅れだって、ほんとう？　まだうかがいたいことが山ほどあったような気がするんだけど……山ほど……」

家のなかのゴウゴウ音をたてて燃えさかっているストーヴの傍にいながら、マルコはまるで風と窓ガラスをたたく雨が張り合っている女性といった感じだった。私は、言ってみればマルコの船出に立ち会っているような、風に彼女の袖なしマントがパタパタと鳴り、タータンの肩掛けがヒラヒラ翻る亡命の一シーンを目《ま》のあたりにしているような、そんな気がしていた。

包囲され、間もなく征服される……もっとも無防備な人間に対して攻撃が始まっているのは疑えなかった。悪事を働くときのように、私たちは黙って支度を急いだ。マルコは笑おうとした。

「私たちはちっとやそっとではびくともしない世間の習わしを踏みつけにしてるのよ。だって、年上の魔女が夜宴のために、年下の魔女の体を洗い清めてやるのが普通だもの……」

「シーッ、マルコ、動かないで。すぐ終るから」

私は絹のストッキングといっしょに、黄色いシャルトルーズの小壜を紙に包んだ。

「お宅にタバコはある?」

「ええ。ま、私何を言ってるのかしら。ないの。でも、彼が持ってるわ。彼、ケディヴ（エジプトのタバコ―訳注）を喫うのよ」

「いっしょに、おもしろい柄の小さなナプキンを四枚包んでおくわね。きっと水入らずのお食事の雰囲気が出るわ。テーブル・クロースもいる？」

「いいえ、結構よ。前にブルサ（一時オットマン帝国の首都だったトルコ北西部の都市。絹・毛織物の産地―訳注）で買った刺繡のがあるの」

私たちはにこりともせず、ひそひそと早口に囁き合っていた。帰りしなに、マルコは振り返って、私のほうにお化粧をした大きな目を向けた。そのそわそわした潤んだ目つきには、歓びに類したものは何も読みとれなかった。私は心のなかで彼女の後を追った。辻馬車は彼女を乗せ、雨と闇のなかを、風が街燈のまわりの水溜りにかすかにさざ波を描いている水浸しの石畳の上を去って行った。私は窓を開けて彼女が遠ざかるのを見送ろうとしたが、荒れ狂う一面の闇がアトリエのなかまで入りこんできたので、すぐまた閉めてしまった。その窓の向うでは、いまあの旅人が、絹のストッキングとばら色の白粉、シャンペンの壜、果物などをかかえて、心もとない道を立ち去りつつあった。

写真を見たとはいっても、私はまだトララール中尉を完全に現実のものとしてはいなかった。いかにもフランス人らしい顔つきで、少し長目の鼻、形のよい額、短く刈った髪、欠くべからざる口髭……しかし、マルコの姿を思い浮かべると、そんなものは消し飛んでしまう。悶々としているマルコ、私の才覚で一段と魅力を増したマルコ、遠くで狩人のざわめきや足音をかすかに聞きつけておののく小鹿のように、息をはずませているマルコ……私は雨と風の音に耳を傾けながら、いったい彼女に、首尾よく航海し、上陸し、救われる可能性がどれほどあるだろうと考えていた。「今夜の彼女はとてもきれいだった。あの笠に襞を取ったランプ・スタンドが美しく照らし出してくれるといいけれど……あの青年は彼女の心を捕え、自尊心をくすぐり、孤独をまぎらし、つまるところ、彼女を若返らせているのだ……」

横なぐりの雨が急に激しく窓ガラスをたたいた。黒い小さなヤモリが窓の下から出てきて、ゆっくりと這いはじめた……それを見て、窓がよく閉まっていないで、水が絨毯に滲みこみはじめているのに気づき、私は雑巾と、当時奉公していたアヴェロン（南フランスの県―訳注）生まれのマリアの助けを求めに行った。途中で、ちょうどマッソンが呼鈴を鳴らしたので、戸を開けた。彼の脱いだ柔らかいゴム引きのコートが、水を滴らして籠いっぱいの鰻のように床に落ちる間に、私は大きな声で尋ねた。

「マルコとすれちがわなかった？　いま降りて行ったのよ。あなたに会えなくて残念がってたわ」

嘘は何か、敏感な人びとには嗅ぎとれるような匂いを発散するらしい。ポール・マッソンは私のほうに鼻をうごめかし、短い鬚をちょっとゆすると、白い書斎のウィリーさんのところへ行ってしまった。そこは窓の半カーテンといい、刳形の縁取りや格子窓といい、なんとなく廃業したお菓子屋の喫茶室を思わせる部屋だった。

それ以来、マルコにとって万事が急速に進展する。しかし、彼女は、あの大騒ぎの夜の後、私のところにやってはきたが、なんの打ち明け話もしようとはしなかった。第三者がいてできなかったのも確かだが。その日私は早く結果を知りたくてうずうずしていた。しかし、そんな気持も何か恐ろしいことでも打ち明けられはしないかという懸念に手綱を引き締められていた。というのも、なんだかひどい目にあったようなびくびくした様子が彼女の全身に感じられたからである。少なくとも、私はそんなふうにおぼえている。その後、私の記憶はずっと鮮明になる。どうして忘れられよう、マルコが魔法にかかったみたいに、誰が見ても慎しみのない年ごろの乙女としか思われないような姿になったのを。彼女はどんなわずかな衝撃にも敏感に反応した。フロンティニャン（フロンティニャン産のアペリティフ用甘口ぶどう酒—訳注）をほんの少し飲んだだけで、頬がほてり、目が燃えた。わけもなく笑い、ぼんやり虚空を見つめ、何かというと鏡をのぞき、パフを使う。万事が急速に進展しつつあった。彼女が待っているにちがいない〈その後どうなの、マルコ？〉をいつまでも延ばしてはおけなかった。

月の冴えわたった、刺すように寒いある冬の夜、マルコは私のところに来ていた。私はせっせとストーヴを焚き、彼女はストーヴのばら形の飾り穴に目を凝らして黙っている。

「マルコ、あなたの小さなアパルトマンも暖かくしてる？　火格子《ファイアー・グレート》で間に合ってるの？」

彼女は聾のようにわけもなく微笑んだだけで答えない。とうとう私は言った。

「その後どうなの、マルコ？　満足？　幸福？」

彼女が手ではねつけるようにしたのは、おそらく後のほうの、ずしんと重い言葉だったと思う。

「そんなものがありうるなんて思わなかったわ……」

「何が？　幸福が？」

彼女は赤面し、暗い焔のような斑紋をそこここに浮き上がらせた。今度は私が率直に尋ねた。

「でも、なぜもっと嬉しそうな顔をしないの？」

「何かこう、空恐ろしいようなものが喜べて？　何か……そう、呪いみたいなものが」

こんな重く暗い言葉を使うのは、いわゆる小さな頭にとてつもなく大きな帽子をかぶらせるようなものだと、あえて心のうちで思いながら、私はつづきを待った——が、それは来なかった。そして、ここにしばらく沈黙が挿まる。マルコが自分の恋愛について黙して語らないのに異存はなかった。異存があったのは、むしろこの恋愛そのものだった。行きずりの男にたちまち屈してしまうなんて！　と、記憶も定かでないのに、不当に思いこんだのである。いくら軍人で、将軍の令息で、しかも明るい栗色の髪だからといったって！

慎しみの時期につづいて至福の季節が来た。幸福はひとたび受け入れられると、慎しみを失いがちなものである。しかし、マルコの幸福は、深まっていっても口数が少なく、しかもその語り口は月並みだった。彼女も世間並みに〈唯一無二の男〉にめぐり会い、その人のすることなすことがみんな天の祝福となって目のくらんだ彼女の上に降り注いでいるのを私は知った。アレクシスが〈気高い魂〉と〈鉄の肉体〉を兼ね備えていることも知らずにはすまされなかった。マルコは幸い、私が〈何回夫人《マダム・コンビアン・ド・フォワ》〉と呼ぶような、こまごまと自慢げに内証話をしたがる手合いではなかったけれど、はにかんだり、どぎまぎして言い淀むなどして、こちらが知らなくてもすむようなことまで暗黙のうちに表現してしまうのだった。

遅ればせの恋、官能の不意打ちの生贄となったこの清純な女は、突如燃え上がろうとする情火や無上の幸福感ににわかに身を委ねようとはしなかったが、しかし、彼女の新しい立場が仕掛けた罠、とりわけ身ぶりや言葉による雄弁な自己表出というものとも避けがたい罠を逃れることはやはりできなかったのだ。

数週間の間に、マルコはまず痩せ細って、目は熱っぽく輝き、唇もからからに乾いた。「ロップス（一八三三―一九八。ベルギーの風刺画家。頬のそげ落ちた奇怪な漫画で有名―訳注）だな！」と、彼女のいないとき、ポール・マッソンが言うと、ウィリーさんがそれに輪をかけて「シャントルーヴ夫人（ユイスマンスの小説『彼方』（一八九一）の女主人公。貞淑な上流婦人の裏に魔性を秘めている―訳注）だ！」と叫んだ。「あんな顔つきになるなんて、あのマルコねえちゃん、いったい何をしたというんだろう？」

マッソンは小さな目をますます小さくし、片方の肩だけすくめて冷たく言った。

「なんにも。これは偽態に属する現象ですよ。想像妊娠の類いと言ってもいい。多くの女性に見られるように、あのマルコねえちゃんも悪魔のフィアンセになったつもりなんでしょう。目下地獄の歓びの段階ってとこですな」

この二人の友人がV…夫人のことを〈あのマルコねえちゃん〉と呼ぶのが、私は大嫌いだった。また、とくに友情や尊敬や恋愛のこととなると、この二人の覚めた男たちの会話を凍らせてしまう批評の冷たさも感心しなかった。

やがて大凪が来て、マルコの顔が明るく朗らかになり、地獄に堕ちた女のような妖しい光もしだいに消え失せ、少し肥ってきた。肌もこれまでよりなめらかに見え、胸のときめきや焦燥を示していた息切れもとれた。やや増えた体重のせいで、歩き方や物腰が悠長になり、タバコものんびりとくゆらせるようになった。

「新しい段階に入りましたよ」と、マッソンが告げた。

「いまや、かつてのマルコ、V…と結婚したてのころのマルコにそっくりですね。ハレムの女の段階かな」

それから、私自身、仕事も増えて毎日の生活が慌しさを加え、マルコに会うのも間遠になった。約束なしで不意に彼女の家に行くのも憚られた。控えの間もないと言っていいほど小さな家で、軽装の――いたって軽装の――トララール中尉にぶつかるのを恐れたのだ。お茶の会も延び延びになり、会う約束もすれちがいになって、偶然がなかなか二人を会わせてくれなかった。が、六月のある日、ようやく私たちは、これも偶然に、私の家で会った。アトリエの開けたガラス窓から、暑気と涼気の吹きこんでくるよく晴れた日であった。

マルコはいい匂いがした。マルコは黒地に白の縞模様の新調のドレスを着ていた。マルコは私に微笑みかけた。例の恋物語はもう八カ月もつづいている。あまり肥ったものだから、誇らしげにもたげた顔はもはや二重の顎を隠すことができず、きつく締めつけられたウエストも、去年のようにスカートのベルトのなかで楽に動けないように見えた。

「よかった、マルコ！　すばらしい顔色だわ！」

小鹿のような切れ長の目が不安の色を見せた。

「肥ったでしょう？　でも、肥りすぎじゃないわね、少なくとも？」

彼女は瞼を伏せて、意味ありげに微笑んだ。

「少し肥ってるほうが、胸がずっときれいに見えるのよ……」

こんな口をきくマルコには慣れていず、気まずい思いをしたのは私のほうだった。まるでマルコが――フランシュ＝コンテの宿で、ドアを閉めきって、「入ってはだめ。いま部屋着を着るところよ！」と言ったその同じマルコが――私の客間兼アトリエのまんなかで、わざと素っ裸になったかのようだったから。

すぐに私は、自分が狭量で友達甲斐がないことに気づき、心からマルコの幸せを喜ぶべきだと思った。好意を示そうとして私は大きな声をあげた。

「きっと、近いうちにトララール中尉といっしょにお招きするわ。私はこれで気前のいい女だから、彼にも紅茶とクリーム・チーズのサンドイッチをご馳走せずにはいられないのよ。いいでしょう?」

マルコは鋭い目を私に向けた。そんな目つきの彼女はそれまで見たことがなかった。すぐに目を逸らしたけれど、その険のある猜疑の眼差を私は見逃さなかった。それは私の上を、私の微笑の上、長い髪の上、若さあふれる二十五歳の肉体と顔の上をさっと駆け抜けたのだ。

「だめよ」と、彼女は言った。

それから、すぐ言いなおそうとして、ふたたび私のほうにいつもの小鹿のような眼差を投げながら、

「時機尚早だわ」と、やさしく言った。「〈兵隊さん〉はまだそんなご好意を受ける資格はないのよ」

しかし、私はまだ愕然としていた。彼女の目のなかに、一瞬、猜疑と敵意と独占欲にお腹を真黒にした残忍な雌を垣間見たその驚き! はじめて二人の年齢の差が歴然

とし、お互いを傷つけ、取り返しのつかないものになった。この年齢の差こそ、ビロードのような美しい瞳の底に現われて、二人の関係を歪め、友情の絆を捩れさせた張本人だった。この〈眼差の日〉の後、マルコに会って、トララール中尉のことを訊くと、肥って、色白く、生き生きとした、これまでとはすっかり変った風体の〈今様に言えば〈中年肥りのおばさん〉風の〉マルコは、私に答えるのにわざとらしい控え目な口調、食べあきた美食家のお金持のような口調を使った。思いがけない、貪欲な恋が、いったい何を彼女から奪ってしまったのかと訝りながら、私は呆気にとられて彼女を見つめていた。かつてのすらりとして上品な体つき、細く締まったウェスト、少し骨ばった形のいい顎、ほとんど黒に近いビロードのような目の上の、弓なりの深い眼窩……それらはどこを探しても見あたらなかった。私がその変りようを点検しているのがわかると、彼女はでっぷりしたサルタンの王妃のような尊大さをかなぐり捨てて、にわかにそわそわしだした。

「どうしようもないの、肥っちゃって」

「一時的なものでしょ。たくさん召し上がるの？」

彼女は分厚くなった肩をすくめた。

「どうかしら……いいえ、そうよ。ずっと食いしん坊になったわ、たしかに……前よりずっと。でも、あなただって、控えもしないでよく食べてらしたじゃない？　それでもちっとも肥らない！」

私は弁解するように、これぱかりはどうしようもない、という身ぶりをした。マルコは立ち上がって鏡の前に立つと、両手でウェストを掴んで揉むようにした。

「去年は、こんなふうにすると、締めつけた両手の間で体が溶けてしまいそうな感じだったのに……」

「去年、あなたは幸せじゃなかったわ、マルコ」

「ああ、そのせいね」と、彼女はとげとげしく言った。

彼女はまるで自分が一人っきりのように、すぐ近くから鏡のなかの自分の姿をためつすがめつ眺めていた。何キロか増えたせいで、別人というか、別のタイプの女になっていた。華奢な骨格に肉が不均衡についている。

「靴なおしのお尻だ」と私は思った。私の故郷では、靴屋のお尻はいつも坐っているため、平たく、しかも四角になると言われている。「そのうえ、水母のようなふくらみのない広い胸」いくら愛情があっても、女は女を厳しく批判する……

マルコは突然振り向いて、

「なあに?」と、言った。

「なんにも言わないわ」

「あら、ごめんなさい。何かおっしゃったかと思った」

「もし本気で肥り気味をなんとかしたければ……」

「肥り気味」と、マルコは口のなかで繰り返した。「いい言葉ね、忘れないわ」

「……どうしてスウェーデン体操をやってみないの？　いま評判じゃないの」

彼女は、そんなものは絶対にいや、という仕種をして、私の言葉を遮った。

「それとも、朝食を抜いたら？　朝、何も食べずに、お砂糖なしのレモン水だけにするのよ……」

「でも、朝はお腹がすくの！」と、マルコは叫んだ。「すっかり変ってしまったのよ、わかってちょうだい！　私、お腹がすくのよ。目がさめると、もう新鮮なバターとか、濃い生クリームとか、コーヒーとかハム……のことを考えてるの。朝食の次は昼食で、昼食の後は……って考え、するとこの空腹感が、いま私の感じているありとあらゆる種類の空腹感が焚きつけられて……」

彼女はウェストと胸を乱暴に摑んでいた両手を下ろすと、同じやり返すような調子で私に詰めよった。

「私に予想できたっていうの、ほんとうに？……」

彼女は声を変えた。

「ああ！　あの人、私のおかげでとても幸せだって言うのよ……」

私は思わず彼女の首を摑んだ。

「マルコ、よけいなことを考えなくったっていいの！　いまのあなたの言葉がすべてに答えてる。すべてを説明し、すべてに反論してるわ。幸せになって！　マルコ。彼を幸せにして！　あとはみんな、どうでもいいことよ！」

私たちは抱き合った。彼女は大きくなった腰の上で体を左右にゆすりながら、晴々とした顔で帰っていった。それはウィリーさんと私がバイロイトに行ったころのことで、私はワグナーの象徴的図案《アンブレーム》とライトモチーフをからませた絵はがきを何枚もマルコに送るのを忘れなかった。帰るとすぐに、いつもの〈ティー・ルーム〉で落ち合った。彼女は痩せも若返りもしていなかった。ほかの人たちだったら曲線と円の形に肥るところを、彼女の肉づきは四角い形をめざしていた。

「それで、あなたはぜんぜんパリを離れなかったの、マルコ？　何も変ったことはない？」

「ええ、何も、おかげさまで」

そして、厄除けのおまじないに、指で小型テーブルの木にそっとさわった。それ以外何も言いもしもしなかったけれど、この仕種で、マルコが身も心も変らずトラール中尉に捧げていることがわかった。私のバイロイト旅行について純粋に儀礼的な質問しかしなかったことでも――しかも、私の返事などほとんど聴いていないようで――それは明らかだった。

逆に私のほうから、

「で、マルコ、お仕事は？　次のシーズンの連載小説の注文、たくさん来てるの？」

と訊くと、彼女は赭くなって、さもうんざりしたように答えた。

「うーん、そんなでもないわ……八歳から十四歳の子供向けの物語を一つ出版社から頼まれてるけれど……まるで私にできるみたいに！　でも……」

甘美な、動物的な表情が雲のように顔をよぎり、彼女は目をつむった。

「でも、私とっても物憂くて……ええ、とても物憂いの！……」

マッソンは、私たちが帰ってきたことを聞きつけてやってくるが早いか、あわただしく、マルコ自身の口から〈すべて〉を聞いた、と告げた。驚いたことに、彼はトラール中尉のほうに好意的な話しぶりだった。彼のことをぱっとしないツバメだとか、若禿疑いなしのアル中だとか、駐屯地のドン・ファンだとかいった呼び方はせず、逆に、マルコに対してかなり手きびしかった、手きびしい以上に冷淡だった。

「でも、ポール、要するに、あなたはこの件でマルコのどこがいけないって言うの？」

「ふん……別にどこも」と、ポール・マッソンは言った。

「それに、あの人たち、二人でいると狂おしいまでに幸せなのよ！」

「狂おしい、ってのは、たしかに誇張じゃないな」

彼がクスクス笑うと、ウィリーさんもそれに倣った。マルコと私を馬鹿にしたような、なんといやらしい笑い！　二人は笑いながら、いささかの疑念も思いやりも見せずに、遠慮会釈のない観測と悲観的な予想を述べ合った、まるでマルコの女としての晩秋を華やかにしたこの情事が、ありふれた古いゴシップかなんぞのように。

「外見から言えば」と、ポール・マッソンが言った。「マルコはすでに、いわゆるビール樽運びの牝馬の段階に達していたな。ガゼル（アフリカ・西アジア産の小形のレイヨウ。優美な女性の象徴―訳注）がお尻のでっかい種牝馬《うま》になるなんて、こいつぁ危険ですよ。トララール中尉にはまったく非の打ちどころはなかった。マルコのほうですよ、中尉を誘惑したのは」

「誘惑した？　あなたどうかしてるわ、マッソン！　とんでもないことを言うのね、ほんとうに……」

「若奥さん、三歳の童子だって私と同じことを言いますよ。マルコのなすべき第一の急務は、ほっそりとして美しく、黄昏の憂愁をたたえ、慎しみ深く、雨に濡れたようにしっとりしていることであって、健康に輝いたり、〈やったわ！　やったわ！　私は……〉などと叫んで、人さまを怯えさせたりしないことだった……」

「マッソン！」

私は憤慨し、お下げ髪を紐にしてマッソンをぶった。女性特有の稚気を容赦しない男性特有の一種奇妙なきびしさが、私にはぜんぜん理解できなかった。二人の男は情状酌量いっさいなしで〈マルコ事件〉に判決を下し合ったが、私にはまるで専門的な数学の講義を聴いているようなものだった。

「彼女は柄《がら》じゃなかった」と、一人が宣告する。「四十六で二十五の若造の愛人になる、これを彼女は愛すべき情事だと考えた」

「玄人の仕事なのに」と、相手が言う。

「というより、一種のスポーツ」

「いや、スポーツは損得なしの仕事だ。でも、彼女にはわかるまいな、縁を切るのが彼女にとって一番だとは……」

私はまだそのころ、気どったシニズムと文学的な逆説の混った言いまわしに慣れてはいなかった。それは一九〇〇年ごろ、未来のない、苦々しい思いの知識人たちが、ひとり自らを高しとするための方便だったのである。

パリも九月に入って、からりと晴れた日がつづき、夕方になると空が茜色に染まった。私は都会の生活がいやで、夫が夏休みを早く切り上げてしまったことに不満だった。そんなある日、突然一通の速達を受け取り、私はびっくりしてしばらくじっと見つめていた。マルコの筆蹟をほとんど知らなかったからである。字面はきちんと整っているが、切り離した文字にはさすがに心の動揺が歴然としている。彼女は会って話がしたいと言っていた。太陽が傾き、茜色の空が黄色いカーテンを掛けた窓ガラスをぶどう酒色に濁らせる時刻に、私はマルコを迎えた。その姿に少しも乱れたところが見えないのに、私ははっとした。話題は一つしかないとでもいうように、マルコはすぐに切り出した。

「アレックスが派遣されるのよ」

「派遣？　どこへ？」

「モロッコ」

「いつ？」

「もうすぐ。たぶん、ここ一週間ぐらいのことだと思うわ。陸軍省から任命されて……」

「で、どうしても行かなければならないの？」

「彼のお父さんのトララール将軍が……そう、お父さんが直接口添えしてくれれば、もしかしたら……でも、この任務は——かなり危険にはちがいないけれど——たいへんな抜擢だと彼は思ってるの……だから……」

彼女は何か仕種をしようとしたが、途中でやめてしまい、虚空を見つめながら黙りこんだ。そのどっしりした肩、ふっくらとした蒼白い頬、悲劇的な美しい目が、お芝居に出てくるどこかの女王といった風丰《ふうぼう》を与えていた。

「長いの、その任務というのは？」

「さあ、どうかしら、ぜんぜんわからないわ。彼は三カ月か四カ月、もしかしたら五カ月、と言ってるけれど……」

「まあ、マルコ」と、私は陽気に言った。「三、四カ月がなんだって言うの？　待ってればいいじゃない、それだけのことでしょ？」

彼女は私の言葉など聞いていない様子で、手袋の裏の、洗濯屋がつけた紫のインクのマークを注意深く調べているように見えた。

「マルコ」と、私は思いきって言ってみた。「彼について行って、向うでいっしょに住むわけにはいかないの？」

　言ったとたん、私は後悔した。マルコ、旅行トランク、衣類――ヨーロッパ人の情婦姿のマルコ、あるいは現地人の細君姿のマルコ、銀の装身具、アラブ料理、総飾《ふさ》りのスカーフ。私は自ら思い描いた想像画にわれながら慄然とした――マルコのことを思って慄然とした……

「もちろん」と、私は急いで言い添えた。「容易なことじゃないでしょうけれど……」

　夜の帷りが降りかけていた。明かりを入れようと立ち上がった私をマルコはとめた。

「待って、ほかにもあるの。でも、ここではお話したくないわ……明日、うちに来てくださらない？　おいしい支那茶とマルゼルブ大通りの塩ビスケットがあるわ……」

「来てくれって、マルコ？　でも……」

「明日は誰も来ないの。いらっしてよ。力になっていただけるわ、きっと。明かりはつけないで。玄関の灯で私には十分」

マルコの小さな〈家具付アパート〉もすっかり変っていた。戸口を入ったところに、木枠に取りつけたカーテンで仕切った、玄関まがいの空間ができていた。真鍮のベッドはソファ・ベッドになり、新しく備えつけたいくつかの家具も近東の絨毯もなかなか立派なものだし、暖炉の上では、ばら形装飾を施したヴェネチア鏡が白と赤のダリアを映していた。漂っている香りはたしかにマルコのものだが、それにもう一つ、濃厚な香気が、こう言ってよければ、それに連れ添《マリエ》っていた。

二番目の、さらに小さな部屋は化粧室になっていて、白い浴槽と、天井際にシャワー用の貯水槽がちらっと見えた。入りしなに、私は何かこんなふうなことを言った。

「お宅、快適ね、マルコ！」

例年より早く冷えこみはじめた荒れ模様の九月も、この狭い住居にまでは入りこんでこず、厚い壁と閉めきった窓に遮られて、室内の空気は淀んで動かなかった。マルコはもうお茶の支度をはじめていて、二人分の茶碗とお皿を並べている。私は、「誰も来ない」と言った彼女の言葉を思い出していた。彼女はプラムを山盛りにしたコーヒー皿を私に勧め、ティー・ポットを暖めている。

「なんてきれいな、かわいい手をしてるの、マルコ！」

突然、彼女は茶碗をぶつけた、どんな小さな音でも、不意にたてると、注意深く平衡をとっている動作をたちまちにして乱しかねない、とでも言わんばかりに。私たちは、ことの説明や別れ話や沈黙の気づまりをまぎらし、遅らせてくれるあの食事のまねごとをしていたが、それでもやはり、マルコが話をはじめねばならぬときがきた。しかも、ことは急を要するように思われた。彼女が決意をほとんど翻そうとしているのが見えたからだ。一般に、ぽってり肥った人が憔悴の色を見せるのは、滑稽とは言えないまでも、奇異な感じがするもので、私もマルコが丸々と肥っていながら衰弱しているのに驚いた。彼女はふたたび決意を固めたと見えて、いつもの凛々しく貴族然とした顔が蘇ってきた。お茶の後、貪るようにタバコに火をつけると、ようやく落着きを取り戻した。短い髪を赤く染めたヘンナの光沢が彼女を美しく引き立たせていた。

「ところで……」と、彼女は澄んだ声で切り出した。

「もうおしまいのような気がするの……」

おそらく、話の緒《いとぐち》にこんな言葉は用意していなかったのだろう、彼女ははっとしたように口をつぐんだ。

「おしまい？　ええ、おしまいですって？」

「よくおわかりでしょう？　少しでも私に愛情を持っててくださるなら、くださるわね、なんとか助けて欲しいんだけど、でも……とにかくお話するわ……」

これが彼女の冷静な、ほとんど最後の言葉だった。私がマルコ自身の口から聞いた話はひどく支離滅裂な、あるいは逆におそろしくはっきりしたものだったけれど、そういう語り口の委細についてては、ここでは割愛せざるをえない。

多くの女性と同じように、彼女も生涯ただ一度のまぶしい恋物語を遠く、不必要に過去に遡って話すのだった。こまかい月日までいちいち訂正しながら、何度も同じことを繰り返す。「で、十二月二十六日の木曜日だった……いえ、そうじゃない、金曜日だわ。だって、夕食に魚料理を食べにプリュニエに行った日ですもの……彼は敬虔なカトリック信者だから、金曜日には肉は食べないの……」

最初は微に入り細をうがった話も、しだいに冗漫になり、とびとびになっていった。無意味な「いいえ、よしとくわ」「あらあら、どこまで話したかしら」「ねえ、そうでしょ」を連発したり、悲しみが深まると思わず掌で膝を打ったり、肱掛椅子の背に顔をのけぞらせるといった仕種をするのだった……

恋の嘆きをどれもこれもみな同じ色に染めてしまう冗漫さ、陳腐さを捨てないかぎり、ときどき慎しみのない遠まわしの言い方をしながら、切れ長の瞼を伏せ、顔をそむけるといった身ぶりをしているかぎり、私のほうも熱が冷め、帰ってしまいたいと思い、あげくの果てにはヒステリックな欠伸を嚙み殺すのに顎をひきつらせていなければならないほどだった。私はマルコが愛人としてあまりに平凡すぎると思い、また、美しい青年将校をあれほどほめそやしていたのが、どうして格別な不幸に——どんな不幸も不幸はすべて格別ではあるが——立ちいたったのか、それを早く聞かせてくれればいいのに、と少しいらだつ思いだった。

「で、ある日のこと……」と、ようやくマルコは話しはじめた。

彼女は椅子の肱掛に肱をついた。私もそれに倣い、それから二人は互いに相手のほうへ身を乗りだした。マルコは暗い愁嘆場からはい上がり、悲しげな、やさしいその瞳に、相手を窺うような眼光と、過たぬ透徹した眼差がひらめくのが見えた。口調も変った。そこで、以下、彼女の話の劇的な部分を要約してみよう。

はじめ無駄口をたたいていたときでも、彼女は青年の〈気違いじみた抱擁〉や、気前のいい蜂起にふれることを忘れなかった。彼は猛然と、半開きになった戸を押しあけ、カーテンを掻きわけ、そこから、彼女が身を横たえて待っているソファのところへただひと跳びでやってくる。まわりくどい言葉も、お喋りも許さない。激情にもそれなりの儀式があるものだ。マルコの口ぶりでは、まず中尉その人と手袋と軍帽が、たいていばらばらにソファの上に落ちてくるらしい。詩情が生まれ、甘い語らいがはじまるのはその後のことだ。話がここまできたとき、マルコは誇らしげに言葉を切り、ニッケルにカット・グラスを鏤《ちりば》めた写真立てのほうに目をやった。彼女の沈黙とその目つきが私をさまざまな臆測に誘い、私はちょっぴり妬ましい気にさえなった。

「で、ある日のこと……」と、マルコは言った。

たしかに、それは上々吉の日だった。パリの雨、どこからとも知れず忍びこんで鏡を曇らせる湿気や妙に着物を脱ぎすてたくなるような気分にそそのかされて、恋人たちが室内に閉じこもって昼夜を顚倒する日、マルコの言葉を借りれば、「あの身も心も堕落してしまうような日……」だった。私はマルコの話にちゃんと従いていき、強いられるままにその場面を想像しなければならなかった。彼女が〈魔力〉と呼んだほどに激しい官能の歓びの後、彼女はソファ・ベッドに半裸で横たわっていた……そのときである、ベッドをなにげなくさまよっていた彼女の手が軍帽に触れ、いかにも女らしい衝動につい負けてしまったのは。彼女は皺くちゃのシュミーズのまま起きなおると、軍帽を斜めにかぶり、いたずらっぽくそれを叩いて鼻歌を歌った。

「太鼓にラッパ、楽の音《ね》高く、
ほら、兵隊がやってくる……」

「アレックスがあんな顔をするの、見たことがなかった、ほんとになかったわ。なんとも……不思議な顔。あんな美男子でなかったら、ぞっとするような、と言ってもいい顔……私がそのときどんな感じを抱いたか、とても口では言えないわ……」

彼女は口ごもって、からっぽのソファ・ベッドを見つめた。

「それから、マルコ、彼はあなたになんて言ったの？」

「なんにも。私は軍帽を脱ぎ、立ち上がって身なりをなおすと、二人でお茶を飲んだわ……そう、万事いつものとおりだった。でも、その日以来、二、三度、アレックスの顔にふとこの表情が蘇り、とても変な目つきをするのを見たの……あの軍帽を手にしたのが運のつきだったっていう気持がどうしても頭から離れないわ。あれが何かいやなことでも思い出させたのかしら？　あなたの感想が聞きたかったの。遠慮なく言ってちょうだい」

私は答える前に、注意深く顔をとりつくろった。それほど自分が、驚きと非難と顰蹙とで、中尉の顔に似はしないか気になったのである。ああ、マルコ！　私は一瞬にしてあなたを失い、失ったことを悲しみ――そして見た、アレックス・トララールが見たままのあなたを。私は憎んだ、だだっ広い胸を、乱れたシュミーズのずり落ちる肩紐を。皺を刻んだざらざらの首、両耳の下の赤い斑紋、だらりと下がった救いようのない顎を……それに、愛欲の後、下瞼に穿たれた涸れた小川のような皺、恋にやつれた中年女の顔に消え残ったあの酔いしれた情火を……それにかてて加えて軍帽！　軍帽、その堅い天井、いたずらっぽく目深にかぶったその庇、庇の下からのぞくお茶目なウィンク……

「太鼓にラッパ、楽の音高く……」

「よくわかってるわ」と、マルコはつづけた。「恋人の間では、明るく燃えるような雰囲気もほんの些細なことで真暗になるってこと。ええ、よくわかってるわ……」

ああ！　だが、彼女に何がわかっていたのだろう？

「それから、マルコ？　最後は？」

「最後？　それはもう言ったわ。それ以上何もなかった。突然モロッコ派遣の話が持ち上がり、出発の日が二度も早められたの。でも、心の平和を失ったのは、そのためばかりじゃないの。ほかにもいろいろな兆しが……」

「どんな兆し？」

彼女ははっきりしたことを言おうとはせず、私の問いを手で退けて顔をそむけた。

「いいえ、何も……ただ、彼も変っちゃって……」

そして、戸口のほうに耳をそばだてて言った。

「もう三日も彼とは会ってないの。もちろん、赴任の準備で駆けずりまわっているのでしょうが……でも……」

苦々しそうに微笑むと、気のない口調で彼女はつづけた。

「でも、私、子供じゃないんだし。それに、彼、何度か手紙をくれたの、速達で」

「どんな手紙?」

「そりゃすばらしい、もちろん、すばらしい手紙よ。とても若いけれど、彼だってまったくの子供じゃないわ」

私が立ち上がったので、マルコは急に慌てだし、哀願するように私の手を取った。

「どうしたらいいと思う? こんなとき、普通、どうするのかしら?」

「どうして私がそんなこと知ってるの、マルコ? 待つしかないと思うけど……いずれにせよ、あなたのプライドを守るためには……」

彼女は不意に笑いだした。

「私のプライドですって! まあ、ばかばかしい! 私のプライド! ほんとに若い女《ひと》たちったら……」

その笑いと眼差は、私には耐えられなかった。

「だって、マルコ、あなたが私の意見を訊いたから、思ったままを答えただけじゃないの……」

彼女は相変らず笑いつづけ、肩をすくめた。そして笑いながら、私の前に乱暴にドアを開けた。私は、マルコが私にキスして、次に会う約束をするだろうと思っていたが、まだ私が外に出るか出ないうちにもう戸を閉めて、ただ一言、こう言っただけだった。

「私のプライドですって！　とんでもない！　滑稽すぎるわ！」

出来事だけにかぎって言えば、マルコの話はこれで終りである。マルコは恋人を得、そして失った。マルコは〈斧にさわった〉、つまり、運命の軍帽をかぶってしまった、しかも最悪のときに……男が、悲しい竪琴のように、まだ震えているとき、探検家のように、垣間見た未知の国からそこに到達しないまま帰ってきたとき、目ざめた懺悔者のように、膝がすりむけるほど跪いて〈もう二度とこんなことはいたしません〉と誓っている、まさにそのときに……

数日後、どうしてもマルコに会わなくてはと、私は彼女の家の呼鈴を鳴らし、戸を叩いた。しかし、ドアは開かない。私は何度も繰り返した。ドアの向うで、マルコが一人、悲しみに打ちひしがれ、熱に浮かされたように苦しんでいるのを感じたからである。ドアの隙間に口を当てて「私よ」と言うと、ようやくマルコは開けてくれた。が、私には、開けたのを悔んでいるのがすぐにわかった。彼女はぼんやりと、小さな手の甲のたるんだ皮膚を、手袋のように手首のほうへひっぱって皺を伸ばしている。私は臆せず、今晩食事をしに来て欲しい、いや来なければならない、と言った。そして嵩にかかってつけ加えた。

「だって、トララール中尉はもう出発したんでしょう?」

「ええ」

「向うに着くのには、どれくらいかかるの?」

「向うには行ってないのよ。ヴィル＝ダヴレイ（パリ近郊の住宅都市—訳注）のお父さんの家にいるわ。どちらにしても同じことだけど」

「まあ」と言ったきり、私は二の句がつげなかった。

「そうだわ、お夕食にお宅にうかがわない理由はないわね」

私は歓声をあげ、お礼を言い、フォックス・テリアのようにマルコにじゃれついた。もっとも、彼女がそれにすっかり騙されたとは思わないけれど。マルコが訪ねてきて、暖かい私の部屋のランプ・スタンドの下、明るい光のなかに坐ったとき、私は、彼女の容色が衰えただけではなく、何か妙に体まで萎縮しているのを感じた。痩せて体が小さくなり、声も衰えて、はっきりしてはいるがか細い声で彼女は話した。——きっと、食べるのを忘れ、不眠に苦しんでいたにちがいない。

夕食の後、マッソンがやってきて、マルコといっしょになったが、いつもは無表情な彼の顔も、いまは精いっぱいの心配を表わしていた。彼は蟹のように半身に構えて彼女に挨拶した。

「あら、マッソンじゃない。今晩はポール」彼女は冷やかに言った。

二人は古くからの友達らしい、つまり、どうでもいいような会話を交わし、私はそれを聞きながら、こんなありきたりの言葉の総和がかえってマルコの気を晴らしてくれるかもしれない、と思った。彼女は早く引き上げたので、あとマッソンと私だけになった。

「マルコ、顔色が悪いとは思わない、ポール？　可哀そうに……」

「そう、お坊さんの段階だ」

「何のですって？」

「お坊さんのですよ。それまでとても女らしかった人が坊さんに似てくると、これはもう男性から寵愛も虐待も期待していない証拠だ。黄色味を帯びた白い肌、もの悲しげな鼻、微笑むと内に畳みこまれる唇、垂れ下がった頬――マルコを見てごらんなさい、お坊さんですよ、お坊さん」

彼は帰ろうとして立ち上がり、つけ加えた。

「ここだけの話だけれど、彼女にはハレムの女の段階より、このほうがずっといいと思うな」

その後、私はマルコを一人放っておかないように気を配った。彼女はどんどん痩せていった。人が溶けていく、いや吸収されていくのを止めるのは、生やさしいことではない。彼女は引越した。つまり、持ち物を詰めこんだトランクを一つぶらさげて、別の小さな家具付アパートに移ったのである。私たちはよく会ったけれども、彼女はけっしてトラブール中尉の話はしなかった。それから会うのがだんだんと間遠になっていったが、会おうとしないのは私よりむしろ彼女のほうだった。どういうわけか、彼女はひたすら針金みたいに痩せた、小さな老婦人になろうと努めているようだった。時は移っていった……

「ねえ、マッソン、マルコはどうしてるかしら？　もうずいぶんになるわ……消息知ってるの？」

「知ってますよ」

「知ってるのに、何も話してくれないのね！」

「あなたこそ何も訊かなかったくせに」

「さあ、早く！　いまどこにいるの？」

「ほとんど毎日、国立図書館に。ウバンギ河（中央アフリカとコンゴ民主共和国の間を流れる川―訳注）の奇々怪々なルポルタージュを英語から訳したんだが、一冊の本にするにはちょっと短かすぎる。出版社の依頼で、そいつを引き伸ばすために、目下図書館で資料をあさっている、というわけですよ」

「つまり、同じ生活に戻ったのね」と、私は感慨深げに言った。「トララール中尉に会う前と同じ生活に……」

「とんでもない！　彼女の生活には一大変化が起りました！」

「どんな？　ねえ、早く！　いちいち訊かなくちゃ教えてくれないの？」

「現在、マルコは一行二スー取っています」

小娘

「あなたには、パリにとどまっていなければならない理由なんて何もないし」と、あれは一九四〇年五月のことだが、私は古くからの友達に言ったものだった。――この友人をなんと呼ぼうかしら。シャヴリア、そう、アルバン・シャヴリアとでもしておこう。シャヴリアという一族はバスク地方から出て、フランシュ＝コンテをはじめ所々方々に根を下ろし、フランスではかなりな数にのぼるから、この名前を使ったからといって文句をつける人はいないだろう。――「パリにいても、戦争がつづくかぎりただ退屈するだけなんだから、しばらく田舎にでも行ってらっしゃいよ。どうしてリエック＝シュール＝ブロン（ブルターニュの大西洋岸の町で、ブロン牡蠣の産地―訳注）のレストラン・メラニーにいるキュルノンスキー（一八七二―一九五六。料理通の作家―訳注）に会いにいらっしゃらないの？」

「ぼくは潮風が嫌いでね」と、シャヴリアは答えた。「それに美食もしたくないし。お腹が出るからね」

「じゃあ、南仏はいかが？　サン＝トロペは？　カヴァレール（いずれもコート・ダジュールの海水浴場―訳注）は？」

シャヴリアは白くなった短い口髭を逆立てた。

「お祭りの舞台なんてものは……お祭りがすんでしまえば、寂しいものでね」

「どこかに下宿したいとは思いません？　ノルマンディーのエルサンのところへいらっしゃいよ。あの人たちは戦火で追い立てられでもしないかぎり、自分の土地を離れるなんてことありませんわ。川があるし、玉突き台や、手入れは悪いがテニス・コートもクロッケーの競技場もあるし……あそこの一家はみなさんとっても元気で、娘と姪だけでも女の子がいっぱい……」

「もう結構。それだけ言ってもらえば、そこに行く気をなくさせるには十分だな」

「風もいや、ご馳走もいや、南仏も、女の子たちもいや……あなたってほんとに面倒みきれないわ、アルバン」

「いまにはじまったことじゃないよ。結局、そのおかげでぼくは、独り者の鑑《かがみ》になったようなもんで……」

シャヴリアはステッキもつかずに、私の部屋の三つの窓のうちの一つへ歩み寄った。気をつければ、彼はほとんどびっこを引かなかった。昨年、昔風に言えば〈痛風に心臓を冒されて〉亡くなったが、おかげで、七十歳になってもまだすらりとして威厳のあった風采が、決定的な手足の麻痺によって辱めを受けることを免れた。髪は真白で、生き生きした黒い目にきれいに鋏を入れた口髭をたくわえていて、若いころはさぞ女の子を泣かせたことだろうと言われていた。しかし、はっきり言って、一九〇六年ごろには、彼はもう栗色の髪をした、どちらかといえば平凡な男にすぎなくなっていた。

健脚家のアルバンは、床屋が魚釣りを好むように、歩いて旅をするのが好きだった。田舎へ行っても、狩りもしないのに、ただ鉄砲を担《かつ》いで長い間山野を跋渉し、獲物の代りに、霰まじりの突風で折れた淡紅色の桃の枝だの、捨て猫だの、ハンカチいっぱいの茸だのを持ち帰った。私が彼に好感を寄せていたのは、彼のこういった所業のせいだった。ときたま、私たちの友情に欠けているのは何だろうと考えてみることもあったが、そういうものは見あたらなかった。といっても、アルバン・シャヴリアの愛情生活の秘密はかたく守られていて、それが二人の友情に限界を設けていたのは確かだが。ただ、死ぬ前に一つだけ、彼は秘密を打ち明けてくれた。それは私が彼に、女の子たちで華やいだ家にでも行って戦争をやりすごす——一九四〇年の五月ごろは、私たちにはまだこの言葉の重味がわかっていなかった——ようにすすめた、まさにあの日のことである。彼は私のすすめを控え目に、ほとんど理由も明かさずに断ったが、その態度に私は思わず心のなかで反駁したものだった。「さあ、そのお話全部聞かせてくださらなければ、お帰ししませんからね！」彼が秘密を打ち明けたのは、私が彼のその拒否の理由にもう一度話を戻したからだった。

アルバンは帰らなかった。その日の夕食の献立が新鮮な魚とマッシュルーム、それにチョコレート・クリームだったから、彼を引きとめるのはいっそう容易だった。しかも、マッシュルームは大方《おおかた》のフランス人の食卓に出されるような、あのぼろ切れのようになるまで煮つめられてすっかり風味をなくしたものではなくて、適度に火を通したもの、チョコレート・クリームはスプーンですくって食べるのが好きな人にも、小さな鉢からじかに飲むのが好きな人にも同時に喜ばれるような半液体状のものだった。一九四〇年には、パリの市場はまだ品物がたいへん豊富で、私たちは目の保養に中央市場界隈を歩きまわったものだった。われわれの間では〈奇妙な戦争〉とか〈にらめっこ戦争〉とかいった言葉が用いられていたが、考えてみれば、私たちはみんな、少し鼻のきかない獣みたいなものだったのだ……

私は客人の固い口を解きほぐすために、残っている上等のブランデーをすすめた。

「あなたがノルマンディーに行きたがらないのは、エルサン家のせい？　それともあそこに女の子が大勢いるから、大佐殿？」

シャヴリアは、ずいぶん前から、こんな呼び方をされても、もう笑わなくなっていた。たぶん彼は、こんなふうに戯れの階級名で自分の白いいが栗頭や、口髭や、びっこは引いてもさほど見苦しくはない歩きぶりに敬意を表されるのが、まんざらでもなかったのだろう。

「どちらでもないんだよ。ノルマンディーほど気に入っているところはないし、またぼくはいつだって女の子たち、というよりむしろ女の子というものを可愛がってきたからね」

「おやまあ！」

「そんなに驚くことかな？　またどうして？　われわれのつきあいといっても二十五

年にしかならないし、ぼくはもう六十八歳だよ。四十年あまりの間、ぼくは、あなたが勝手に想像しているぼくに似ようとひたすら心がけたとでも思ってるの？　しかも、あなたの想像しているぼくってのは、きっと、ぼく自身が考えているぼくとはずいぶん違ってるんでね。そうなんだ、ぼくは何よりも女の子と狩りが好きだった。でも、いまではもうかけす一羽狙うことはないし、それにある女の子のおかげで、世の女の子たちに興味を失ったわけじゃないが、ともかく縁遠くなっちまったんだよ……話が聞きたいというなら、聞かせてあげよう。でも、これはあんまり美しい話じゃない、いや美しいどころじゃないんだ。しかし、いまとなっては、話してももう誰を傷つけるということもなかろうし、話のヒロインにも、おそらく、もう十八歳くらいの息子がいるんじゃないかな」

「ぼくの少女好みはどこから来たのだろう？　たぶん、男同士の友情から来たのだと思う。十五のときから二十歳《はたち》まで、ぼくには友達が一人いたが、これはあの思春期の親友の一人で、普通の少年はこういう友人に対して、恋人に対する以上に忠実な愛情を抱くもんなんだよ。しかし、二十歳《はたち》を過ぎると、女だの、兵役だの、仕事だのが生活のなかに入りこんできて、このうるわしい友情を損なうことになる。といっても、兵役はエランとぼくにとってはたいしたことではなかった。いっしょに試煉に耐えたからだ。最初の裏切りをやったのはやつのほうだった。やつの結婚のことをぼくはこう呼んでいた。まだ二十三歳と六カ月の若さで結婚するなんて〈無鉄砲〉だ、とぼくの家の者は非難した。ぼく自身も、いま言ったように、ぼくたちの離別を裏切りなどと呼んだものだ。いや、もう結構。ブランデー一杯で十分だよ。これ以上飲んだら、うまく、しかも公平に話すことができなくなっちまうよ。

忘れもしないが、エランが、結婚した最初の年、自分のところでヴァカンスを過すように誘ってくれたのに、ぼくは頑なに断った。三十ヘクタールの土地に囲まれたその小さな屋敷は細君の持参金のほとんどすべてで、やつ自身がその経営に当たっていた。やつは何度も手紙をよこし、若い細君や、飼っている牛や田畑のスナップ写真を送ってくれたが、ぼくのほうは相変らずつむじの曲げっぱなしで、愚にもつかぬ返事を書いていた、やつの細君が目を通すだろうと思ったものだからね……それにまた、やつの手紙というのが、濃い幸福の影だけを映したしろもので、懐疑もなければ、倦怠も不安も、要するにぼくが慰めてやれるようなものは何もなかったのだ……ところで、やっぱりもらおうかな、ブランデーを少し。ほんの少し、ほら、グラスに刻んであるこの星のところまでだよ……

ついには、お察しのとおり、エランも根負けしてしまった。一人の友人を、それも多分に自分のせいで失ったことに気づいたとき、ぼくは代りを見つけようなんて夢にも思わず、ただうら若い娘たちとだけ親しくするようになった。若い娘たちにはぶっきらぼうな率直さや、物事に対するたいていは見せかけだけの関心や、まだできあがっていない美しさ、固まっていない性格がある、とぼくは思っていたからだ。彼女たちはだいたい十七、八歳前後だった。ぼくのほうはもう三十にも手が届こうというときだったが、こんな女の子の傍にいると、自分までが彼女たちと同じ年のような気がしたものだった。彼女たちの傍では……いや、もっとはっきり言えば、彼女たちの腕のなかではね……女の子に何か完成されたもの、いつでも役立つもの、燃えあがるものがあるかしら、官能以外に?……いや、こんなことを議論するのはよそう。あなたがぼくと意見を異にすることは、先刻承知だからね。でも、ぼくが女の子の、なんと言ったらいいか……つまり、ある線を越えてしまった女の子のなかに同時に潜んでいる情熱や決断力、浪費癖、慎重さといったものをわれながら恐いほど愛したってことは、あなたがどんなに邪魔立てしようたって、言わずもがな、いまさらどうなるもんでもない。相当多くの女の子を知っていなければ、成熟した女にくらべてそのほとんどが冒険の名手であり、天才的な才女であるということも、あるいは危険な状況に置かれたとき、彼女らの平静さに敵うものはまずないということもわからないものなんだ。世間ではよく、〈女の子たちをアタックするような卑怯者……〉などと言うが、とんでもない！　それどころか、彼女たちに対抗するには、非凡な気質と抜群の自制力が必要なんだよ。ただ、ぼくが醜い少女偏愛の趣味に陥ったなどと考えることだけはやめてくださいよ。こと恋愛に関しては、ぼくも普通の男たちと変るところはなかった。つまり、ある関係をしばらくの間背負いこみ、理性的な結婚に心が傾きかけたところで、思い迷ったあげく、同じように理性的に結婚を逃げることがしばしばだった。そうだよ、ぼくもそんじょそこらの男たちと同類なのさ。

一九二三年ごろは、ぼくはもう狩猟をやめていたが、しかしハンターたちの招待には応じていた。そのころ、友人の一人で隠居暮しの薬屋が、ドゥー（スイスと国境を接するフランシュ＝コンテ地方の一県―訳注）にとてもすてきな土地を買ったというので――ひところ、広大な地所がことごとく昔の薬屋たちの手に渡った地方があった――

ぼくは一年の計画を立てなおして、八月十五日から十月十五日までそこに秋の休暇を過しに出かけた。だが、実際は期待していたほど楽しくはなかった。集まってくる連中と馬が合わないうえに、豪勢に健啖家ぶりを競う空気が支配的だったからだ。食べ放題飲み放題、不節制もいいところで、それも毎日のことなんだ。とうとうぼくは、孤独と節制を要求する権利を手に入れるために、肝臓をやられた夢想家を装ったほどだった。土地の館の主たちは、食事のあと、こっそりおくびを出しながら、ぼくの肩をたたいて言うのだ、〈おや、具合でも悪いんですか？　誰かにお診《み》せにならないといけませんな……〉まさか、誰にも診せたくありません、などと答えるわけにもいかないので、そそくさと逃げを打つか、さもなければ、館の主の従妹に当たるかなり美しい女性に図書館のカタログの作り方とか、その他いろいろな暑さしのぎの楽しい仕事を教えてやったりしたものだった。

それにしても、あのドゥー地方って実にいいところだった！　それにあの地所もほんとにすばらしかったなあ！　新しい主は、幸いにしてまだ自分の地所に致命的な美化を施す暇もなければ、燃え尽きたというよりはまだ燃えつつあるといった感じの、あの地方の九月の風景をへたに手なおしする余裕もなかったのだ。日は短くなっても、戸外で食事をするとまだ手の皮が焼けるほど暑いのに、夜明け前には、開け放った窓々からすばらしい冷気が入ってくる。その冷気に当たって桜の葉は真赤になり、マロニエや楡《にれ》の葉は早ばやと黄色く染まる。雨が降らないので二番草も生えない牧場もそうだったが、こんなに黄色っぽい季節をぼくは見たことがない。しかし、生い繁った大木のために下草はいつも湿気を含んでいて、そこでは欲しいだけ茸が採れるのだ。フランシュ＝コンテには〈むらさき茸〉が多いが、この茸は実にうまい。

鷂《はいたか》が数羽、これまた黄金色だが、ぼくを見守るようにしばらくついてくることがあった。頭上高く、ぼくの意図を窺って旋回しているが、こちらにぜんぜん狩りをするつもりがないのを見とどけると、ぼくのことなど放って飛び去ってしまう。

足が丈夫だったぼくは（だって、二十年も前の話だからね）、谷を越え、丘を越えて歩きまわった。館の広大な庭園のなかに、小さな水門とその腐った扉や干上がった泥沼を見つけたり、聖女像の残骸が鎮座している壁龕や、もう長い間ぜんぜん展望もきかなくなっている、兎の糞と棘のある梛筏《なぎいかだ》に覆われた昔の〈見晴らし台〉に出会ったりした。ぼくはいつも気づかないうちに庭園の外に出ていた。それというのも、薬屋が崩れた石垣を築きなおすよりも、むしろ館のいたるところに浴室を作るのを好んだからだ。しかし、五百メートルも行くと、景色に整然と人の手が加わり、蝮の暖かい巣穴となる漆喰なしの低い石垣で仕切った、四角形の小さな畑がひろがっていた。ここは円丘がせせこましく肩を触れ合っている地方だが、道には迷わなかった。ぼくはね、けっして道には迷わないんだよ。何がおかしいの？　ああ、わかった。いや、もうブランデーは結構。それより、冷たい水を一杯いただけないかな。

景色の話が長すぎるとお思いかもしれないが、なにしろ遠い昔のあの季節は、太陽のように烈しく燃える思い出を残しているものだから……朝、ときに霜のように冷たい露が置いたかと思うと、夜まで焼けるような暑さがつづき、そのため、葡萄——蟻の入りこむ隙もないほど密生したあの小粒の黒葡萄の房——が季節に先がけて農場の石垣や踏切番の家の壁に熟しはじめると同時に、青と薄紫の松虫草が、この燃える夏ももうじき秋と呼ばれるようになる、と告げていた。ぼくは満ち足りていた。物も言わず、物も思わず、ただ満ち足りていた。陽に焼けて、自分がいかにも田舎貴族然として魅力があるような気がしていた。そんなある日……そう、ここでいよいよ物語の幕が開く。

　ある日、ぼくは地所の外まで足を延ばした。晴れた日の山歩きの好きな連中をみんな撒いて小高い丘の中腹の森に行き、草に覆われた、しかし轍《わだち》の残る林道のかなり急な坂を登り、白樺の林のなかを歩いていた。白樺の軽い小さな金色の葉はもう風にちぎられ、長い間宙を舞ってから地面に落ちていた。丘の頂近く、牧草地のはじまるところで白樺は尽きて林檎の木がこれに代り、そのうしろには少しもの淋しげな樅の美しい木立があって、それに半ば以上隠れて古い建物が見える。それは丘の上に少し気どったような美しい姿勢でのっかっている、古びた瓦の切妻の家で、ところどころばら色に染まった野葡萄の大きなマントがその肩を覆っている。すぐ隣には野菜畑、緑がいっぱいの庭、フランシュ゠コンテ特有の青紫の靄のかかった並木道……〈なんて美しいんだろう、なんてなげやりなんだろう〉とぼくは思った。そのうえ、どこからかせせらぎの音が聞えてくる。自然の水、それはこのあたりの高原には珍しい天の恵みなんだ……崩れた低い石垣の向うから、角の生えた山羊の額がぼくの手に触れ、紡錘形の双の瞳がぼくの顔をしげしげと見つめている。ぼくが手を伸ばして星形のぶちのある黒い可愛い額を撫でようとしても、逃げようとはしない。

——さわらないで、さわらないで！　追っかけてくるわよ！　と、若い声が叫んだ。

この地方の訛りは、ご存知のように、母音を長くひっぱる、〈さわらーないで！

追っかーけてくるわよ!〉といったふうに。もちろん、ぼくはますます手を差し伸べた。すると、悪魔みたいに可愛い山羊は、ひと跳びしてぼくにまつわりついて来、その後から子供が、〈お待ちよ、いじーわる、お待ちったら!〉と叫びながら追いかけてくる。子供……いや、子供じゃない。十五ぐらいの女の子を子供とは呼ばないんだ、ぼくは。子供扱いしたら、失うものが多すぎるからね。少女は山羊の角を摑んで、巧みに横ざまに寝かせた。山羊は起きなおると、四脚《よつあし》でピョンピョン跳びはねながら行ってしまった。

——怒ってしまったわ、と、少女が言った。

彼女はひと息入れて、口を少し開けたままハアハア言っている。ブロンド、いや、ブロンドより少し濃い、赤茶色に近い髪で、頰と額に雀斑《そばかす》があり、睫毛は炎の色をしている。でも、ぜんぜん白子の赤毛ではなく、それどころか、雀斑の群れの下にはひどく生き生きとした顔色が覗かれ、目は灰緑色の虹彩に、頰と同じ栗色の砂粒を散らしている。最初に目についた特徴の一つは、額の生え際と項《うなじ》（彼女は気どって髷に結っていた）の縮れた産毛の色で、それは真昼の日の光を受けてほとんどばら色に見えた。そう、ちょうど真昼で、木陰一つないその丘の頂は鼻の頭の皮がむけるほど暑かった。

――おかげで、さっきはほんとに命拾いしましたよ、と、ぼくは言った。

彼女は行儀を知らぬ、あだっぽい娘のように、肩をくねらせて笑った。顎を突き出すようにして笑うと、口のなかが臼歯まで照らし出され、この娘《こ》はわざと頭をのけぞらせているのではないかと思ったほどだった。だって、田舎の女できれいな歯並みをしている者なんて、そうめったにいるもんじゃないからね。田舎の女……でも、この娘は前掛けもしていなかったし、田舎風の、というよりむしろ野暮ったい身なりをしていた。青地に白い水玉模様の既製品の上着に、不恰好なスカートと革のベルト――外面はそれだけのことだが、その下には若い生きものが潜んでいた……

〈むっちりした《ロンドレット》〉という言葉はいまではすっかり忘れられているけれど、女の子の場合、それはまさに陶然とするような美しさをよく表わしているよ。つまらない冗談で少女を笑わせながら、このあるいは張りつめ、あるいはまるまると肥り、あるいはほっそりとした肢体、この無意識の挑発を前にして、ぼくはブッシェ（一七〇三―七〇。フランス・ロココの代表的画家―訳注）描くところのルイズ・オモルフィのデッサンのことを考えていた。すっかり大人になりきる間もなく、ぽってりと肥った体全体がその緊急な使命を訴え、恋人たちに向かって、〈さあ、早くこの肉体から女の私を救い出して！　さもないと私、破裂してしまう！〉と叫んでいるあのオモルフィだよ。

わが愛するフランシュ＝コンテのオモルフィはしまいに顔を赤らめたが、それはただ、毎年秋になると子供たちがみんなするように、首に〈檀《まゆみ》の実〉のネックレスを掛けていることを思い出したからだった、ほら、野生の檀のあの鮮やかなばら色をした四裂の実……ああ、馬鹿だな、ぼくは。こんなことあなたのほうがよっぽど詳しいのに……彼女が憤然としてその糸を切ったので、ぼくは言った。

――もったいないな。よく似合っていたのに。ところで、ぼくの命の恩人のお名前を聞かせてもらえないかな？

――ルイゼット……ルイズよ、と、彼女はもったいぶって言いなおした。

ぼくが自分はアルバンだと名のると、彼女はちょっと口を動かして、そんなことはどうでもいいと言わんばかりだった。太陽を遮るように手を目の上にかざして、彼女は下からぼくをじろじろ眺めていた。そのとき、彼女を呼ぶ声がし、彼女は甲高く〈はぁーい〉と答えた。

――私、あそこに住んでるの、と、立ち去る前に彼女は言った。ほら、あの城にね。

彼女は気どって誇らしげに自分の住居をこう呼び、それから男の子のように大股で自分の〈お城〉のほうへ走って行った。

その翌日……と言っても、あなたは驚かないと思うが……いや、翌日じゃない。翌々日だ、ぼくは十一時半の烈しい日射しをものともせず、同じ場所に出かけて行った。前の日、買物に行く車に便乗して〈町に〉行き、珊瑚粒のかわいらしいネックレスを買っておいたのだった、あの檀の実そっくりの鮮やかなばら色をした……え？　なんだって？　よくある卑しい手だって？　一言弁解させてもらえばね、少女の好きな男というのは、自分の意図をはっきりさせる遑《いとま》もなかったのに、それがすぐにも叶えられるなどと考えるほど単純でもなければ自信満々なわけでもないんだ。とはいえ、そのやり方が、策のない悪魔がファウストに教えたような（メフィストはファウストに、マルガレーテを誘惑するために宝石の小箱をひそかに彼女の箪笥のなかに入れておくようにすすめる――訳注）避けがたい陳腐な法則にとかく従いがちなのはぼくも認める。領主が百姓女と戯れるようなものだ……ところで、いつ終るともしれぬ相変らずの炎天のもと、林檎や木苺や、いみじくも〈硬玉《デュロン》〉と呼ばれている晩生《おくて》の小粒の桃を早々と熟させる十一時の烈しい光のなか、ぼくは森のはずれに出かけて待ってみた。しかし、ルイゼットの姿は見えず、谷川の水の流れる音が聞えてくるばかりだった。丘の反対斜面のひときわ緑の濃い草の帯や、榛《はん》や柳の木々がその水路を示している。ぼくは急いで歩いてきたものだから、無性にその水を飲みに行きたい思いに駆られていた。と、突然、目の前に例の少女が姿を現わした、足音もさせなければ、枝を掻き分ける音もたてずに……彼女はぼくを穴のあくほどじっと見つめているので、ぼくにはこんなぶっきらぼうな言葉を投げかけているとしか思われなかった。

〈まあ、いらしたの？　なんのご用？　さぁ、早くなんとか言ってよ！　何かしてよ！〉ぼくは同じ調子の言葉を用いるのは避けて、悪だくみのあるなしにかかわらず男なら誰でもするような丁寧な挨拶をした。

——今日は、ルイゼットさん。

彼女は握手の仕方も知らない少女のような手つきで手を差し出した。なんの変哲もない小さな手だった。

——今日は、おじさん。

——ネックレスを持ってきたんだよ、おととい、あんたが壊してしまったのの代りに……


そう言って、ぼくは小さなネックレスを裸のまま差し出した。ルイゼットはちょっと頭をかしげたが、その仕種にぼくはうっとりとなった。これほどふっくらとはち切れそうな肌、内部の骨格を少しも窺わせない丸味、これほどまでにみずみずしい味わいを持った首筋は彼女にしかお目にかかったことがない……それにいま目の前にいるのは、浜辺で肌を焼いた娘ではない。生き生きとした顔の色艶と、ブラウスの襟刳《えりぐり》の形に陽焼けした小さな三角形のほかは、彼女の肌は首の付け根からすぐに淡いばら色に染まっていた……

〈茜さす夕空の下の百合のごとく……〉

ああ！　笑いたければ笑いたまえ。ぼくはこれまで何度となく、自分のなかに詩が肉体的な衝動を越えて湧き上がってくるのを感じた。そんなとき、詩はしばしば少女を救ってくれたし、ぼくも自分自身から救われたものだ……

さて、ぼくは金の留め金で閉じたそのネックレスを差し出した。が、ルイゼットは頭を振って断り、さらにこう言った。

――いけないわ。

――いやなの？　きれいだとは思わない？

――きれいだけど、いただけないわ。

――つまらないものですよ、と、ぼくは間抜けたことを言った。

――そんなことじゃないの。ママの手前、いただくわけにはいかないの。私がネックレスなんかしてるのを見たら、ママ、なんて言うかしら？

――どこかで……拾ったかもしれないじゃない？

彼女は覚めた微笑を浮かべ、栗色の砂子を撒いた目をぼくの目にじっと注いでいる。金色の睫毛から顎にかけて木洩れ日が踊っていた。彼女のような顔色、あんなに優美な唇や小鼻の線は見たことがない……え？……その娘《こ》は美しかったかって？　そうだった、まだ美しかったかどうか話してなかったね。結局のところ、それほど美しかったとは思わないな。身だしなみがよくないんだ、とにかく。艶やかな髪をエナメルのはげた薄汚い鉄のヘアピンでとめていたし、麻か木綿のベージュのストッキングはあんまり清潔ではなかった。うん、ものによっては、ぼくの目だってそうたやすくはごまかせないからね……

彼女があまり……なんというか……あまり無遠慮にぼくを見つめるので、ぼくは一瞬、自分の風采が気になった、ほんの一瞬だけれど。でも、ぼくの身なりはたいへん簡素だったから、それで品位が落ちるはずはなかった。低襟のワイシャツに茨《いばら》にひっかからないような堅い生地のズボン、上着は腕に掛け、そして……何しろ、いまより十九歳も若かった。まだそれが流行《はや》る前から、ぼくは散歩をするにも無帽だった。残念ながら早くから白くはなっていたものの、毛がふさふさしていたもんだから。それに、ご存知のとおりの痩せぎすだった。

もちろん、ぼくもルイゼットを見つめていたが、ぼくのほうはもっと慎ましかったというか、もっと礼儀を弁《わきま》えていた。それでも、ぼくには、彼女が眉墨で細い二本の線を引いて、眦《まなじり》を長く伸ばしているのがわかった。あまりに突拍子もない、馬鹿馬鹿しい洒落気に、ぼくは吹き出してしまった。大真面目に付鬚をつけてカーニヴァルの最後の日を祝っている子供を前にしたときのように。

言うまでもなく、少女はむっとした。が、すぐに察して、両の人差指を眦に当てた。ぼくはこの折とばかり嵩にかかって言った。

——なかなかやるじゃない。あんたの年で？　つまらない玩具もお母さんが恐くて断るのに、目にお化粧をするのはかまわないってわけか！

彼女は育ちの悪い女の子がするように、ぷいと肩をひねった。でも、上着の下で動くこれほど魅力的な肩と、上着にぴったりとくっついた二つのピチピチした乳房は、育ちの良し悪しにかかわらず、他のどんな女の子にも見られないものだった。べそでもかいてくれれば慰めてやれるのに、とぼくは思った。

——つまらないものだけど、このネックレス、お取りよ。でないと、捨ててしまうから。

——捨てたらいいわ、と、彼女はすばやく言い返した。私は絶対拾ったりしないから。誰か他の人にあげたほうがいいのに。

——そんなにお母さんが恐いの？

彼女は口で言う前に、いつもまず頭で〈いいえ〉と答えたものだった。

——いいえ。ママにいけない娘《こ》だと思われるのがいやなの。

——で、お父さんは厳格な人なの？

——お父さんがなんですって?
——あんたに厳しいの?
——いいえ。亡くなったの。
——これは失礼。お年だったの?
——五十二歳。
　これは数ヵ月違いでぼくの年と同じだった。
——じゃあ、お母さんと二人きりで暮してるわけ?
——小作人のビゲ一家もいっしょよ。
——この水、せせらぎの音が聞えているこの水は、するとお宅のもの?
——そう、泉なの。
——泉だって! ここから音が聞えるところをみると、よほど水量の多い泉なんだね
……すばらしい財産だ!

——これほどすばらしいものはないわ、と、ルイゼットはあっさりと言ってのけた。

それから、彼女はがらりと表情を変え、怒りをこめた眼差を投げつけてきた。

——おじさんはまだ、あの泉を買い取ろうって人たちの仲間じゃないでしょうね？

〈買いー取ろうーって人たち……〉言葉によってことさら強くなる彼女の訛りは別に耳ざわりではなく、むしろその反対だった。ぼくは彼女を安心させようと思って言った。

——いや、とんでもない、ルイゼット！　ぼくは休暇を過しに×××の新しい地主のところに来ているんだよ。あんたたちから泉を取り上げたりなんかしやしない……が、そこの水は残らず飲み干してしまいたいな。何しろ、喉がからからなんだよ。

彼女は両手をひろげて、残念だけどどうしようもない、という仕種をした。

——でも、私、水飲みに連れてってあげられないわ。私が自分の知らない人と話しているのを見たら、ママ、変に思うでしょ。もっとも、外っ側をまわればいいかもしれないけど……

――外っ側ってどこ？

彼女は口を突き出し、肩と瞼を震わせて目くばせしながら、思いもよらぬ共犯のしるしを送ってよこし、ぼくを有頂天にさせた。彼女は隠しごとや禁じられた交遊、つまり罪を犯すべく運命づけられているな、と思いながら、ぼくも精いっぱい、同じような身ぶりでこれに答えた。そして、彼女が先に立ち、ぼくがその後に従って、山羊がさっきぼくを〈追っかーけ〉ようとして乗り越えてきた、半ば崩れかかった低い石垣沿いに、森の縁《へり》の人目につかない道を降りて行った。

――ぼくの敵のあの山羊はどこにいるの、ルイゼットさん？

――野原よ。三匹飼ってるの。でも、あれがなかでもいちばんいい子なの。

ルイゼットは前を向いたまま返事をしていたので、ぼくはそのうしろ姿を心ゆくまで仔細に観察することができた。髷を高くピンで留めてむき出しになっている項《うなじ》、燃えるようなばら色の小さな耳、ほどよい位置についている目立たない肩甲骨、きつく締めた革のベルトの下にかすかに突き出ているゴムまりのようにふんわりした腰……それは、言ってみれば、角張ったところも、不恰好なところもない代りに、女としての早熟な完成のほかにはどことといって優雅なところもない作品だった……これほどあからさまに特定の用に供された若い生きものを見たら、間抜けな男は恥知らずな娘だと思っただろう。だが、ぼくは間抜けじゃない。このことははっきり言っておく必要がある。だって、この年になってはじめて、あなたの知らないシャヴリアをお目にかける羽目になってしまったんだからね。このシャヴリアは、長い間、なんとか人に知られないままでいたいと思っていたんだ。そう、ぼくは自分の悪徳を、これが悪徳だとしての話だけれど、見せびらかす趣味なんてこれっぽちも持ち合わせていないからね。

こうして、ぼくはこの少女に見とれながらついて行ったが、道々、彼女の生まれつきの図太さ、ぼくの好奇心を満たし、母親の監視の目を欺きたいという欲求から見て、この娘《こ》をどう定義、分類したらいいか、しきりに考えていた。そして、すぐにぼくは、〈フランスでいちばんきれいな、可愛い下女〉という呼び名を見つけた。誰にも間違いはあるものだよ。

崩れた石垣の角にくると、森の下草は終って、道はかなり急な下り坂の小径になり、石垣はそれだけ高くなって、〈お城〉は見えなくなる。古い石垣には花壇のように花が咲き乱れていた。松虫草、季節最後のジキタリス、鹿子草――フランシュ＝コンテではいつも真赤だった――木蔦にからまれて少し息苦しそうな凌霄花《のうぜんかずら》……

――なんてきれいな石垣だろう！　と、ぼくはルイゼットに言った。

彼女は身ぶりで答えただけだった。それでぼくは、きっと彼女は自分の声が聞きおぼえのない声に混っているのを聞かれたくないのだろうと思った。囲いの石垣がもう一度直角に曲ると、丘の反対斜面と屋敷の門が同時に現われた。といっても、その門は、長い歳月に磨り減って鼻面が羊みたいになった小さな石のライオンをいただく二本の柱だけになっていた。小鳥の群がる赤い実をつけたななかまどの小径の行手に〈お城〉があり、木蔦の衣がその荒廃を隠していた。フランシュ＝コンテに住んだことがおありなら……そうだ、住んだことがおありだったね。じゃあ、ご存知だろう、冬、雪の重みに耐えるよう、がっちりと建てられたあの貴族の館を。だが、この館はほんとうに荒れ果てていた。遠くからは人目を欺いて、いかにも谷間を睥睨する風情だったけれど。谷間は昼になってもまだ青い靄のヴェールを脱ごうとしなかった。泉があるいは地下水となり、あるいは自ら深く穿った川床を流れて、谷間を水蒸気で満たしていたからだ。

ルイゼットは最初の石柱の手前で急に立ちどまった。あまり急だったので、ぼくは彼女の可愛い背中に、金赤色の項《うなじ》に、晩生《おくて》の小粒の桃のように円くて堅い体にぶつかってしまった。

——これから先に行ってはだめ。泉が見えるでしょう？

ぼくには半ばしか見えなかった。つまり、なかまどの小径の先の石の壁龕に激しく飛びはねる水が見えたが、それはまるで、日陰と水を好む植物がからんだ壁龕に大きな銀色の魚が踊っているみたいだった。それからまた、水が波形の襞をなして縁石を洗い、そこから下の池に流れているらしいのも見えた……しかし、羊の鼻面をしたライオンの関所を越えずに、どうやって喉の渇きがうるおせるのかわからない……ルイゼットはひとりで入って行き、口の長い如露に水をいっぱい汲んで戻ってきた。

——先にお飲み、ルイゼット。

そして、ぼくは恥ずかしげもなく言い添えた。

——あんたの心がきっとわかるよ（だれかの後に、同じコップで飲んだら、その人の考えていることがわかるという言い伝えがある—訳注）……

だが、彼女はひどくそっけなく断った。

――私、喉なんか渇いーてないわ。

地中から湧き出る不思議に冷たい水は、なんとおいしい飲み物だろう！

――同じ道を降りていらっしゃいね、と、ルイズはぼくに命令した。正門はここだけど、本道を降りていらしたら、家から見られるかもしれないから。

ぼくは無言で従った。石垣が小径から三、四メートルも積み上げられているところで、砂利が頭に降ってきた。ルイゼットが石垣の上でぼくの帰って行くのを見守っているのだった。ぼくは手を振ってキスを投げたが、彼女はにこりともしなければ、恥ずかしそうな様子も見せなかった。松虫草と黄色い弁慶草の茂みの間でじっと見張っている金色の頭と、真剣な、ほとんど人を寄せつけない眼差、その日ぼくが彼女から受け取ったのはそれだけだった。薬屋の屋敷のほうへ降りて行きながら、こんなふうに独り言を言っていたのをぼくはおぼえている。〈それにしても、砂利の代りに花ぐらい投げてくれてもいいのに！〉そして、心の奥で、この少女に詩心がないのを責めたものだった。

　最初の一週間の逢引きをこまごま話したりして、あなたを退屈させるつもりはないんだよ……第一、ルイゼットとぼくとのは、正確に言えば逢引きなんかじゃなかった……ぼくはいつも十一時から十一時半の酷暑の時刻に丘に登っていた。まだその季節ではないのに、乾ききった空気のせいで、木の葉が散りはじめていた。館では狩猟家たちが、獲物が喉を渇かせて痩せ細っているなどと悪いニュースを流していたが、ぼくはそんなことにはほとんど耳を藉《か》さなかった。ぼくは自分の獲物にあちらこちらで会っていたのだ。彼女は毎日きちんときまった時刻に現われ、夏負けもしないでいつも溌剌としていた。このロマンスは、おもしろいというよりむしろ心楽しいものであることがわかってきたが、不思議なことになかなか進展しようとしなかった。ルイゼットは何かというとすぐ笑うのだが、心の底から楽しげには見えなかった。たしかに、十五歳半ばの少女が危険な、極度の孤独のなかで、たぶん貧困というに近い暮しをしているのだから、そんな境遇が楽しかろうはずはない……ぼくの質問にも、必要最少限度の答えしかしなかった。例えばこんなふうに。

——いつもひとりっきりなの?

——ええ、そうよ。

——ちょっと淋しい気がしない?

——いいえ。日曜日にはお客さまがあるの。知り合いの人たちだけど。

そしてつけ加える。

——毎日曜日ではないわ。そうだったら、たいへんだわ。

指の付け根にえくぼのある小さな手は、彼女が語る以上に、いかに家事に酷使されているかを雄弁に物語っていた。何もしないでいたら、その手はきっととても美しかったろう。ルイゼットその人に似て、少し短く、ぽちゃぽちゃして、指先が反り返っていたんだから。ぼくの脇を歩きながら、先の尖った小枝を折って、爪を掃除したりしている。ぼくはこうも訊いてみた。

――本はよく読むの？

彼女はもの知り顔に〈ええ、ええ〉とうなずいて、

――パパが蔵書をたくさん残してくれたの。

――小説は好き？　本をあげようか？

――いいえ、結構よ。

拒絶はいつもたいへんきっぱりしていて、本にしろ、香水にしろ、鹿革のベルト、安物のブレスレット、上質のハンカチにしろ、何も彼女に受け取らせることはできなかった。彼女自身言っていたように、〈絶対に、何一つ〉だよ。この頑固さはなだめてもすかしてもびくともせず、いつも〈ママがなんて言うかしら？〉という唯一の口実を、きつい、勝ち誇った口調で投げつけてくるのだった。

――恐いお母さんなんだね。あんたのお母さんは、と、ある日ぼくは言ってみた。

ルイゼットは泉を売る話をしたときと同じきつい目をして、

――いいえ、違うわ。ママはけっして悪いことなんかしないわ。ただ、私がおじさんと話してるのが知れたら、だめなの。隠す以上は上手に隠さなくては。それくらい骨を折るのは当り前でしょ。

その調子ときたら！　少女が親しく訓戒を垂れ、それを承るのはぼくのほうだった。彼女のご機嫌をとり、彼女の気に入ろうと、ぼくは感じ入った面持ちで傾聴していた。彼女は下からぼくを窺っていた、まるでぼくから何かを期待しているかのように。でも、彼女が何を欲しているのか、いないのか、ぼくにはわからなかった。ぼくらのように女の子に恋する男は、確かな勝算がないかぎり、あまり危険を冒さないものだ。ぼくらをとまどわせ、尻ごみさせるのは、相手の純真さだけだ。というのも、第一に、ぼくらは純真さなんてものはほとんど信じてはいないし、それに、ことの成否は時宜を得ているかどうかにかかっているからだ。耐えがたいほどの強い日射しの下で、ルイズは絶えず片方の目と耳を母親のほうに向けていたが、ぼくはそんな逢引きから神経をいらだて、太陽にくたくたになって帰ってくるのだった。×××に戻ると、テラスの木陰でのブリッジや、心なごむオレンジエードや、六時の涼風がページをめくる絵入り新聞などに慰められることもあった。こんな毎日がつづいて一週間が経ち、ついにぼくはルイゼットにこう言ってみる気になった。〈ここにこうしているのも、もうあと十日だよ〉彼女は唇の両端を震わせたけれども、一言、〈そう〉と言っただけだった。

――残念だけどね。それに×××の館の主が、車でこの地方の景勝地めぐりをして、昼食会でもしようと計画しているんだよ……ぼくもそういつもひとりだけ別行動するわけにもいかないしね。でも、そんな遠出で肌を焼かれる代りに、夕方この丘に涼みに来たら、あんたに会えるかしら?

ぼくはそれまでいたって内気に振舞っていて、彼女の手を取ったことさえなかった。ほんとうだよ。驚いたことに、彼女は落着きをなくして爪を嚙み、薄汚い鉄のヘアピンを、細いおくれ毛が火煙のようにはみ出ている髷に挿したり抜いたりしている。そして、あたりを見まわし、〈わからない、わからないわ……〉と早口に言った。上げた腕から女らしい匂いがして、ぼくを包んだ。ぼくはまず躊うふりをし、次に自制心を失ったふうを装って、むっちりした少女の細い胴に手をまわした。そして、耳もとの髪のなかで、〈今晩、いい? 六時に……〉と囁き、唇に接吻するのは控えて、さっと大股に彼女の傍を離れた。彼女が呼びとめようと考える暇もないうちにと、ぼくは森の下草のなかを急いで駆け降りた。もうずいぶん遠くへ来てしまってから、二人が、愛情とか欲情とか、あるいは友情とかを感じさせるような言葉を一言も交わさなかったことに気がついた。

ちょっと話を中断するけどね、それはただこのコップの水を飲み干すためばかりじゃないんだ。いや、ありがとう。疲れてなんかいないよ。自分のことを話しているときは、疲れは感じないもんだよ。話し終ってからだ、疲れが出るのは。そればかりじゃなくて、ぼくにはあなたが、非難とは言わないまでも、何やら心配しているように見えるからだよ。どうしてかな？　ぼくの話のヒロインが十六歳に三カ月足りないほどの若さだから？　ぼくがあまりに若い花に目をつけたから？　でも、あまり性急にぼくを批判したり、とくに、いたいけな仔羊を憐れんだりしないで欲しいな。今度はぼくのほうであなたがわからなくなるよ。十五かそれ以下のお姫様だよ、王太子に妻《め》あわせていたのは。もっとも、王太子だってまだ悪いことのできない年だったがね。あるいは、女王が結婚するのは、十三歳だった。だが、こんな玉座よりさらに高いところにぼくを正当化してくれる例を求めるとすれば、やはりジュリエットだな。十五歳のジュリエットが〈ナイチンゲールを聴く〉（『ロミオとジュリエット』第三幕第五場―訳注）という言葉で何を言おうとしたかは、あなたもよくご存知のはずだ。また、ぼくの記憶に間違いがなければ、あなた自身、四十歳の、しかもその倍はあるように見えた——と言ったのはたしかあなた自身だったと思う——禿頭の男に夢中になっていると打ち明けたのだって、あれは十六歳のときだったじゃない？　われわれのご先祖さまも、中年の男こそ小娘にふさわしい、と宣《のたま》うているよ、道楽者の人のよさでね。ぼくは、若干の例外はあるにしても、ほとんど一生を通じて、小娘にばかり惚れてきたが、それでいて、そのひとりだって汚したり、孕ませたりしたことはないんだから、まあ、大目に見て欲しいな、せめてあなたぐらいはね。だから、また例の話に戻るが、ぼくは目を伏せたり、声を潜めたりなんかしないよ。第一、これはあなたがねだった話なんだし……

こうして、ぼくは日暮時の忍び逢いを申し込んだのだった。しかし、思いきって逃げるようにして帰ってきたため、はたしてルイゼットに会えるかどうか、確信は持てなかった。ところが、彼女に会えたのだ、いつもと違う時刻のせいですっかり様子の変った景色のなか、小さな山々を互いに引き離して高く見せる長い影に囲まれて。あなたはこの地方をご存知だからおわかりだと思うが、陽が傾くと、谷は南仏の青とはまたたいへん違った色に染まる。蔓日々草《つるにちにちそう》の碧色、淡黄と濃緑の混った藤色、それまで正午の強烈な光で見えなかった起伏の多い複雑な風景、夕餉の仕度に焚きつけた薪の匂い、すべてにぼくはうっとりしていたから、ルイゼットを待つのも少しも退屈ではなかった。正直に言って、もう彼女に会うのを諦めていたのだ。そのときだった、彼女が駆けてきて、ふざけるようにぼくの腕に身を投げかけたのは。ぼくも彼女をしっかりと腕に受けとめた。そしてすぐに、ぼくは、彼女が激しい動作によって、〈やっと来てくれたね〉とか、〈どうもありがとう!〉などと言わなくてすむようにしてくれたのを見て、ほとほと感心してしまった。どんな身分の女性でも、われわれ男性が女性を迎えるときの言葉はほぼ限られているものだ。そう、ルイゼットは息を切らしてぼくの腕に身を投げかけてきた、まるで〈狼ごっこ〉で羊を捕えたときのように。彼女は口もきけずに、少なくともきけない様子で、ただ笑っていた。薄汚い鉄のヘアピンも気どった髷から抜け落ちて、あまり長くない、ひどく縮れた髪が炎のように顔のまわりにひろがっていた。胸の動悸は、それがお芝居ではないのが、お椀のように窪ませた手のひらで確かめられた。まったく新たな局面の展開にともなって、二人の間に思いもかけず、あっという間に肉体的な親密さが生まれた。肉体的な、そう、たんに親密さというのとは違うからね。普通の男、つまり普通の恋人なら、ルイゼットをひどく恥知らずな村娘と思っただろうが、ぼくは普通の恋人ではなかった。

ルイゼットの息が鎮まるのを待ってから、ぼくは彼女に接吻したが、彼女はそれをごく自然に、熱をこめて受けた……そんなふうに眉をつり上げたもうなよ。そんなにびっくりするようなことかな？　そう、相手の気持に無頓着で、ひたすらコトを急ぐ恋人――恋する男たちは、たいていみんなそうだが――にふさわしいような熱をこめて。だが、ぼくはそんな無頓着な恋人ではなかった。ルイゼットは接吻される喜びに身を委せ、合間合間には、楽しそうにはっきりとぼくを見すえたり、微笑みかけたりして、まるでようやくぼくらにふさわしいお喋りの仕方を見つけ、もう未知の男を相手でも退屈しなくなったことを喜んでいるかのようだった。あたりにはすでに夕闇が降りているが、上空にはまだ陽の光を浴びて長い巻雲《けんうん》が動いていた。ルイゼットを支えているぼくの腕には、満ち足りた顔、豊かな髪、恥じらって伏せるどころか大きく見開いた目があって、それらがみんな雲の色を映していた。それは実に美しい眺めで、ぼくは何一つ見落とさないように注意を凝らしていた。すると、家のほうから声がして、ルイゼットはぼくの支えているものを、小さな堅い口も、ほっそりした円い胴も、ぼくの両足がしっかりと挟んでいる足も、みんな急にぼくから引き離してしまった。それから一瞬待って、もう一度声がするのを聞き、目と耳を差し出して呼び声のする方角をはっきり確かめると、ちょっと手を振っただけで、さよならも言わずに大股に行ってしまった。

その夜、ぼくはブリッジでヘマにヘマを重ねた。ルイゼットから遠く離れていると、自分がかなり取り乱しているのがいっそうよくわかった。彼女といっしょのときは——ご想像のとおり、もう翌日にはまた会いに行ったが——自分の経験だけでなく、ルイゼット自身の言うがままになっていたのだった。ここであなたもぼくも気まずくなるようなこまかい話をして悦に入るつもりはないが、率直に言って、その純真さと、それがかもし出す妖しさの点で、ルイゼットのような女にそれまで会ったことがなかった。こう言えばわかってもらえるかな。つまり、成熟した女がルイゼットのように官能的に振舞ったとしたら、ぼくもぞっとしただろうと思うんだ。ルイゼットは、子供が悪事を働くときのように、さわやかに堂々と欲望を示した。肉体的な信頼はいつでも美しいものだ。たしかに、ルイゼットもその信頼のおかげで、最悪の危険を免れていたが、しかしまた、相手が他の誰でもなくぼくだったことも幸運と言うべきだよ。彼女は快楽を正当な権利のように享受した。が、ぼく以前にもそうした習慣を持っていたと考えさせる節は何一つ見えなかった。この奇妙なロマンスは快晴の夏が終ったあともなおつづいたから、ぼくは豪勢な元薬屋の館に、いささか居心地の悪い思いで長居をすることになってしまった。

二週間も経つと、ぼくは〈もうこのくらいで十分だ。これ以上はあまりというものだ〉と、本気で思いはじめていた。きっと、心の底でぼくは……なんと言ったらいいか、つまり、腹を立てていた、そう、ちょっとけしからんと思っていたにちがいない。牧場で摑まえた小馬が少しも……まったく……少しも愛情を寄せてくれないもんだから……

え？　何？　いや、ぼくは人でなしじゃないよ。

——少なくとも一日に一回は、愛情のあかしを見せていたよ。だから、満たされて心やわらいだルイゼットも、野心など持たずに愛している男を友人としてぐらい扱ってくれてもよさそうなものだと思ったとしても、あながち過度な要求じゃあるまいと思っていたのだ。そんなわけで、ある日、こうしたしごくもっともないらだちに捕えられて、ついぼくのほうから、ルイゼットの貝殻のような可愛い耳に口を寄せて言ってしまった。〈あんたの年とった友達が遠くへ行ってしまっても、その人のこと、少しは思い出してくれるよね？〉ぼくは乾いた苔にふんわりと覆われた大きな花崗岩の上に坐っていた。ルイゼットは下のほうに腰を下ろし、黄金色の頭をぼくの脇腹に凭せかけて、その艶やかなピンク色の顔をぼくのほうにのけぞらせ、目を上げた。その目は栗色の斑点の下で、そのとき、とても明るく輝いていた。ぼくはやっと聞けるかと思った、何か優しい言葉が、純情な言葉が、溜息が……だが、彼女はただ、〈あら、もちろんよ！〉と言っただけだった。〈おまえはママと同じくらいパパが好きよね？〉と、馬鹿な親から馬鹿な質問をされたときの子供のように。その日、ぼくはいつもより早く彼女と別れた。が、彼女のほうではそんなことにはちっとも気がついていないようだった。ぼくたちはいつもほとんど話をしなかった……彼女はたしかにぼくの話を聴いてはいた。しかし、それ以上に、ぼくには聞えない物音のほうに耳を傾けていて、ときにはきっとなって、ぼくに黙るように合図するのだ。ことにある日……自分たちはいま二人でお喋りを楽しんでいるのだと自分に思いこませるために、ぼくは何か彼女に話をしていたが、彼女が虎斑《とらふ》のある美しい瞳を凝らし、いましがたの接吻に輝きを増した唇がわずかに開いているのを見て、ぼくの話を注意深く聴いてくれているのだと得意になっていた。そのとき、ぼくたちは丈の高いヒースの間の小さな空地にいた。ルイゼットは体を半ば横たえ、ぼくは坐って彼女の上に身をかがめていたが、彼女は疲れきって目をしばたたきはじめ、ぼくの自尊心をくすぐった。ルイゼットの魅力の一つは、突然、〈お腹がすいた〉とか、〈眠たい〉とか言って、大きな欠伸をしたり、いっとき急にぐっすりと眠りこんだりすることだった。さて、彼女は目をしばたたき、赤茶色の睫毛がまばたきのたびに燃え立つようだった。そのときだ、突然彼女が目を大きく見開いて起きなおると、ぼくの肩を掴み、藪から棒に地面にねじ伏せ、そのまま力いっぱいに抑えつけたのは。ぼくは起き上がろうとするのだが、彼女は拳を振り上げてぼくを威嚇し、その幼い顔が恐ろしい形相を呈している。それは心臓が十搏《う》つほどの間のことだった……それから、ルイゼットはぼくを放したが、頬と唇が真青になり、乾いた草の上にへなへなとくずおれた。血の気が戻ると、彼女は説明した。

——あなたの頭が出ていたのよ。道を誰かが通ってたのに。

——誰が？

——誰かこのあたりの人よ。

きっと、母親の足音を聞きつけたのだと思う。彼女は無造作にはだけていたブラウスをなおした。彼女が覗かせた肉体はどの部分も、いわゆる〈好き者〉の目を楽しませることができただろう。しかし、好き者や道楽者とは反対に、ぼくは、女として完成したばかりの娘がいかに子供のころの習慣を持ちつづけているかを見て、すっかり考えさせられてしまった。こんな美しい娘なのに、彼女は木綿の下着と小さな青いリボン、ありきたりのストッキングのほかにはなんのおしゃれもしていない……少し赤味がかった髪の香りのほかにはなんの香水もつけていない。感きわまっているときなど、ぼくはよく彼女にあの植物の匂いを嗅いだ。なんと言ったっけ？　ほら、あの淡紅色の花をつけるマメ科の……汗ばんだブロンドの女の匂いがする……エニシダ、そうエニシダだ、ありがとう。ルイゼットから離れていると、彼女がこんなふうにもなれるんじゃないか、あんなふうにもなれるんじゃないかと、愚かなことだが、考えていた。彼女を作り変えて、その真の美しさを発見することを夢見、泉の上に身をかがめたニンフの彼女や裸の彼女――彼女は裸になれるだけの魅力を十分備えていた――を心に描いたりした……美しい肉体が与える宗教的な感情に文学や芸術の記憶を混ぜ合わせようとすると、けっして自分の魂を高めることはできないものだ。

何日かすると、ルイゼットは忍び逢いの時間を変える、と言いだした。夜の十時などに〈お城〉へ登って行くには、館の主に対して、詩人か夢遊病者のふりでもしなければならなかった。〈どうしてそんなに遅く?〉と、ぼくは恋人に尋ねた。

——だって、ママが九時に寝るからよ。ママは一年じゅう、五時前に起きるのよ。私は八時半には食器などの後片づけを全部すますの。あとはなんでも好きなことができるわ、よく気をつければの話だけれど。

——じゃ、お母さんのそばで寝るんじゃないの?

彼女は金茶色の睫毛を伏せた。

——わりと近くで……教えてあげるわ……

彼女は狭い道を昼間のようにすたすた歩いて、ライオンの門のところまでぼくを連れて行った。

——ほら、泉のうしろの四角い塔……各階に一部屋しかないのよ。ママは上の部屋をとって、私に下のをくれたの。そちらのほうがいい部屋だから。でも、寒くなると、私の部屋のほうが暖かいもんだから、ママもベッドを下に降ろしてくるの。この辺は寒さのくるのが早いの。

彼女が口をつぐむと、泉と、水盤に跳ねる幻の魚の音が聞えてきた。

――でも、ルイゼット、夜家を出るのは危ないいんじゃない？

――ええ。

この考えこんだような元気のない〈ええ〉は、危険にも狂ったように身を投げ出す恋する女の叫びとはあまりにもかけ離れていたので、ぼくは感謝の言葉をひっこめてしまった。ぼくのことなど考えている様子さえない〈ええ〉だったからね。彼女はぼんやり、四角い切妻と出入道の先の銀色に跳びはねる泉の水しぶきを眺めていた。月が霧にかすんで、薄赤く見える夕べだった。こんなに〈正門〉の近くにいては、人に見られるおそれがあったが、ぼくはこの愛する友達を完全に信頼していた。彼女はぼくを薄暗い石垣の裾に沿って歩かせたり、月桂樹の濃い影のなかに、両手にその移り香を匂わせながら押しこめたり、臨機応変にうまく二人の姿をくらます術を知っていたからだ。ぼくたちが出会ったのは、彼女が信頼できる通行人だけだった——自分自身のためにひそかに狩りに出てきた吠えない犬とか、だらりと鎖をひきずりながら生暖かい夜の散歩を楽しんでいる〈お城〉の白い馬とか……霧にかすんだ月はほとんど影を落とさないが、ときには暈《かさ》から出て、ぼくたちの前に長い影とそれにぴたりと寄り添う短い影を作ることもあった。

なんだか悲しげな話になってきたような気がしない？……変だなあ、ぼくもそんな気がするんだよ。でも、ルイゼットの話、最初のほうはちょっと可愛いだろう？　今夜のぼくは涙もろくなっているのかな。だいたい、こういったロマンスというものは、すぐに古くなって、色褪せてしまうものなんだよ。それをいつまでも激しく燃え立たせておくには、ぼくたちのような少女憧憬者に若い悪魔と取っ組み合いをさせるようなものでなくちゃ……そうした悪魔はいるものだよ、そう、かなりいるな。でも、ルイゼットはどこから見ても花開いたばかりの乙女にすぎず、結局のところ、ぼくは彼女の退屈をまぎらせてやってたみたいなものだ。だって、ぼくが彼女をオンナに仕立てたなんて思うほど自惚れてはいないもの。田舎の娘には、肉体的に純潔な娘《こ》なんてほとんどいない。ルイゼットはぼくたちの交際の仕方をちゃんと受け入れていた。いや、むしろ、それを決めたのは彼女のほうだった。彼女はぼくをアルバンという名前で呼ぶことはほとんどなかった。そう呼ぶときでも、何かぎこちない感じで、〈ムッシュウ〉と呼びそうなのをこらえているようにぼくにはいつも思われた。ぼくとしては、別に不愉快ではなかったんだがね。それどころか、こうした控え目な態度のせいで、ルイゼットにぼくが抱いている讃嘆の念——欲情と言ってもいいが——がむしろ倍加された。

　ある日、ぼくは小さな指環——なに、切子ダイヤの屑でできた子供用の指環だったが——を持って行って、いきなり彼女の指にはめてやった。彼女はまるで……椿桃《つばいもも》かダリアみたいに真赤になり、この世でいちばん美しく、いちばん赤いもののように見えた。でもね、それは怒りのためだったんだよ。彼女は指環を引き抜くと、乱暴に投げ返した。〈何もくださってはいけないって言いつけてた（そう、言いつけてた、と彼女は言った）はずよ！〉ぼくがすごすごとその安物の宝石を受け取ると、彼女は確かめるんだよ、ぼくたちの坐っている岩と苔の上に、小箱や薄い包み紙や青いリボンが残っていないかどうか。変だろう？

しかし、一方で、これほど生き生きした、ぼく向きの牧歌的ロマンスはなかったから、ぼくはそれを楽しんでさえいればよかったのだ。ルイゼットの口数が少ないのは知性の貧しさでしかなかったが、しかし、それまでぼくは、同じ愚かでも、もっとおもしろ味のない女の子に会っていたからね。とは言え、ときどき、ぼくは何か悲しみに似たものが彼女から伝わってくるのを感じたものだった。ルイゼットみたいにあやふやな運命を担った少女が不憫でならなかったし、それに二重の意味で焼けつくような休暇にぼくはかなり疲れていた。ぼくといっしょに夜の森を駆けまわるのは平気なくせに、母親の足音や呼び声がすると、突撃でもするように駆け出したり、青くなって膝を震わせたりする少女がどうにも理解できなくて、やきもきもしていた……

これらはすべて、過去のこと、だが、まだ誰にも語られたことのない過去のことだ。いまこうしてお話をしながら、ぼくはその過去をはっきりさせようとしているわけだ。このロマンスは、どうやら思っていたほど愉快なものじゃないようだからね。当時、ぼくはルイゼットが、女たらしが自分に好意を寄せる女の子にするように、ぼくをなぶりものにしているのではないかと思ったこともある。こんな馬鹿馬鹿しい考えにいらだって、思わずかっとなったこともあるくらいだ。ルイゼットの前ではなく、彼女との逢引きのなかったある晩、館の主のところでブリッジをしていたときのことだった。誰もぼくがひどくへたくそなゲームをするということ以外は、何も気がつかなかった。ぼくは風の音に耳を傾けていた。風はぼくがここに来てからはじめて、ドアの下で泣くような音をたて、開けっ放しの——たいへん暖かい夜だった

――テラスごしに、雨の前の湿気と季節を過ぎた花の香りの入り混った胸のつまるような匂いを運んできた。風の歌と秋の匂い、その二つともが、ぼくのパリに帰るべきときを告げており、自分でも驚くほど心が動揺していた。出発の日を思い、立てつけの悪い〈お城〉に住む女二人の冬の生活を思い、いろいろなことを想像してみようとした。なかなかまどの、表が緑で裏が銀色の葉も赤い実の房もなくなったのや、寒さに閉じこめられた泉、透きとおった氷の大きな塊に水路を狭められて勢いよく流れる水……

その晩、ぼくは早く床についたが、眠りが胸のつかえをきれいに洗い流してくれた。ぼくにはどうしても休息が必要だったのだ。翌日、ぼくはテラスにロッキング・チェアを持ち出し、ありきたりの会話を交わしながら、朝のうちを何するでもなく、のんびりと過した。ルイゼットの隠れた生活を知りたいという、ぶしつけな好奇心も吹きとんでしまった思いだった。ぶしつけな――たしかに。彼女自身、そう思っていたのではないかな。というのも、毎日の逢引きが一月つづいたあとでも、まだぼくは、彼女が何か打ち明け話をしてくれるのを待っていたんだから。ぼくはまわりの人びとを観察し、彼らの話を聴くのを楽しんだり、ぼくと同じ五十代の相客たちをひそかに老人扱いしておもしろがったりした。だって、彼らはみんな家族持ちで、ぶざまに太鼓腹を突き出していたんだ。その日はそれまでの酷暑が嘘のようになま暖かく、ルイゼットのこともほとんど考えないほどの平穏のなかでたちまちにして一日が暮れていった。でも、恋が習慣となったときの危険はあなたも知ってのとおりだ。タバコや麻薬の中毒と同類でね。例のルイ十四世様式の掛時計の針が細工を施した尖端で鼈《べっ》甲《こう》のXの文字をさすと、ぼくはもう矢も楯もたまらず、立ち上がった。

——またかい、シャヴリア！　と、館の主が言った。牡猫だって、お腹がいっぱいになると出かけないもんだよ。

——ぼくは牡猫じゃないもの、と、ぼくは言い返した。健康とおしゃれの殉教者さ。

食後少なくとも一時間は運動しないと、胴まわりと胃袋がだめになってしまうからね。

——気をつけろよ。天気が変りそうだから。

——この満月に？　まさか！　昨夜はぼくがあんなに負けたから、今夜は誰か別のいけにえを探すんだね。

それでもぼくは、レインコートと懐中電燈を持って出かけた。懐中電燈は〈お城〉に近づいたらすぐ消すようにと、ルイゼットに言われていた。ギュスターヴ・ドレ（一八三二—八三。フランスの挿絵画家。彼の作品には、しばしば、荒れ模様のうねる雲間にのぞく月の姿が描かれている—訳注）の絵のような月が雲から雲へと飛び移り、縁の明るい積雲のうしろに浮かんだかと思うと、そこからまた少しでこぼこした、煌々《こうこう》たる裸の姿を現わす。この月と足早な雲の戯れで、ぼくも風が立ったのを知り、ルイゼットの傍にはいっときしかいまいと心に決めた。それは賢明な決心だった。石垣が道から高く積まれていちばん深い隠れ場を作っているところ——そこでぼくの恋人はぼくを待っていた——に着いたちょうどそのとき、乾いた突風が巻き起った。立っても横になっても美しい体、心ゆくまで眺めたことも、辱しめたこともないいとしい体に腕をまわした刹那、ぼくの献身的な愛に身を委ねた、ぴちぴちした類いまれな生身の肉体を、闇のなかに、今晩はの接吻で実感した、その刹那だった。ぼくは彼女を一段と強く抱きしめた。見えない髪とラズベリーの味のする唇、子供ではなく女を抱いているという確信がそこから鼻孔に立ちのぼってくる、前もってはだかれたコルサージュ——これだけでも、彼女の肌がばら色で、髪が赤毛であると判じることができただろう。彼女のことを思いもしないで過した一日をちょっと悔いる気持が、いっそうぼくの情熱をかき立てた。こういう類いの後悔がわれわれをどこに導くかは、神のみぞ知る！だ……心配はご無用、こんなこと言ったからって、別に話をはぐらかそうというのではないよ。ぼくが言いたかったのはただ、その晩のぼくは、望みの女をわがもののにする手を二つとは知らぬ、まさに尋常の獣じみた男の振舞いをしかねなかった、ということだ。ルイゼットのほうも、ぼくと同じほど取り乱していたから、ぼくを拒んだかどうか、怪しいものだ。

そのときだった、夏の再来と勘違いした虫の鳴き声と土の香りのなかを進んできた雨が、ぼくたちに襲いかかってきたのは。滝のような雨、天井でも落ちてきたような、凄じい豪雨だった。ルイゼットにぼくのレインコートを投げかけると、彼女はとても器用にその半分をぼくの肩に掛けてくれた。だが、どんな布をもってしても、この豪雨を防ぐことはできなかった。雨は滝のようにレインコートの下まで流れ落ちて、足を濡らした。ルイゼットは長く躊わずに、すぐぼくをひっぱって行った。鉄格子のない門の番をしているライオンや、なかなかまどの茂みや、垂直に落ちる水に打たれている泉の傍を通って行くのが、隠れた月のかすかな光でわかった。足が敷石を踏んだので、ぼくは、轟く太鼓のような雨音のなかでも聞えるように、びしょ濡れのル

イゼットの耳に口を寄せて言った。〈じゃ、また明日……早くお帰り！〉

しかし、彼女はぼくの手を放さず、さらにぼくをひっぱって行った。足に乾いた敷石を感じ、まわりの響きが弱まったので、いっそう濃くなった闇のなかで、ぼくは敷居を越えたのを知った、ルイゼットの〈お城〉の敷居を。

開けっ放しの戸口からも、嵐の夜の明かりはかすかにしか入ってこなかった。ぼくは張りつめた雨のカーテンに閉じこめられた、あの古い麦藁帽子を掛けたり、木靴や落ちた一番なりの果物などを並べておく田舎家の土間の空気を嗅いだ。

——どんな灯りもつけられないわ、と、ルイゼットが囁いた。手をかしてちょうだい。

彼女は戸口を開けたままにして、藁を詰めた長いソファのところまでぼくを押して行った。ブルターニュの貴族の別邸やプロヴァンスによく見かける、あのきわめて坐り心地の悪いソファだ。合わせ縫いの薄いクッションが敷いてあるが、それで坐り心地がよくなるわけでもない。ぼくは一九〇八年ごろだったか、ブルターニュのお宅で一つ見たことがあるよ。さて、二人は腰を下ろした。ぼくは手さぐりで、ルイゼットの薄い服がどしゃぶりの雨にも濡れていないのを確かめた。だから、彼女が震えているのは、寒さのせいじゃなかった。しかし、ぼくの攻撃心は、見知らぬ家と真っ暗闇に鋒先が鈍っていた。そのいずれをも警戒していたもんだからね。

――もう少し小降りになったら、すぐ帰ってね……と、ルイゼットが囁いた。

わかった、すぐ出て行くよ、と、ぼくは心のなかで答え、そして、ルイゼットを私の脇に坐らせた、両足をソファのあいているところにのせ、頭をぼくの肩にあずけさせて、たいへん鄭重に、だよ。彼女が片腕をぼくの腕の下に滑りこませ、そのまま二人はじっとしていた。しだいに部屋の大きさや家具の配置がわかってくる。木の手すりの階段がぼくたちのすぐうしろからはじまっていた。手を伸ばせば触れられるところにかなり大きなテーブルがあって、その上の白い花束がしだいに浮かび上がってき、右手では、鎧戸のない窓がだんだん青味を帯びてくる。ぼくは目を凝らし、耳を澄まし、顎を引き締めていた。ぼくを不安にするものがルイゼットを安心させるらしく、彼女はぼくの腕の下で、しなやかに、生暖かく、まるで畝溝の野兎のようにぴくりともしない。

——小降りになったみたいだね、と、ぼくは彼女の耳に囁いた。

と、そのとたん、豪雨は激しさを倍加し、闇が一段と濃く二人に襲いかかってきた。ぼくがどれほどこの場を逃れたかったか、うまく言葉では言えないな。いよいよ逃げる決心をして、懐中電燈の暈のうしろを安全な家へと走って行かねばならない、が、それも楽しいではないか、と思いはじめていると、いつの間にかルイゼットの小さな上半身がぐんにゃりなっていて、彼女がまどろんでいるのに気づいた。前にも言ったけれど、根が健康なんだな。空腹や睡気やその他もろもろの欲求の誘いにすばやく応じてしまうんだ、彼女は……危うく揺り起すところだったが、彼女を脇腹に眠らせておくのはぼくにとってまったくの新しい感触だもので、しばらく待とうと思った。ぼくはね、わかるかな、ぼくははじめて保護者になった、というより保護者になった気でいたんだ……愛し合って眠っているような幻想を束の間でも味わおうと、ぼくも目を閉じた。だが、ぼくはほんのちょっと物音がしても目を開けた。このあばら家ではあらゆるものががたぴし音をたてていたのだ。

かすかな明かりが二人の上に落ちていた。ぼくはルイゼットを起して、月が戻ってきたから帰る、と告げようとした。が、明かりがくるのは、開いている戸口からでも、右手の窓からでもないのに気がついた。それどころか、光は動きはじめて、階段の上の踊り場を照らしている。電気の光と他の光とでは大きな違いがある。それは疑いもなく、ぼくたちのほうにやってくるランプの炎で、手すりの影がゆっくり階段のうしろの壁をまわりはじめた。ぼくはぼくの肩を覆っている濡れた髪のなかに低く叫んだ。〈ルイゼット！　誰か来る！〉彼女ははげしく身を震わせ、ぼくは立ち上がって……そう、もちろん、逃げ出そうとした。だが、彼女はぼくにしがみついてきた、かつてヒースの茂みのなかでぼくを押し倒したあの力で。ぼくはただ、ソファやテーブルの脚をがたがたいわせるだけで、口をついて出るのは、ひどい罵りの最初の言葉だけだった。手すりの影が壁の上をまわり終えると、薄紫の部屋着をウェストで締めたかなり小柄な女性が、ランプを手にして現われた。ルイゼットそっくりだったから、もはや疑いの余地も、希望の余地もありはしない。同じふさふさした、しかしもうほとんど真白な髪、何十年か先のルイゼットを彷彿させるような萎びた顔、同じ目、ただし、ルイゼットにはおそらくけっして現われそうもない大きなすばらしい眼差、不安にもたじろがず、傲然といっさいを見、いっさいを知ろうとする眼差……こうした瞬間のなんと長く思われることか！　いったい、どうやってこれほどの退屈さが、劇的な数秒の間に滑りこむんだろう？　そう、正真正銘の退屈さ、欠伸が出るほどの、一切合財うっちゃって行ってしまいたくなるほどの退屈さ。そのうえ、しがみついて放そうとしないこのお馬鹿さん……ぼくはひとゆすりして彼女の指から袖を引き離し、立ち上がった。おぼえているよ、こう言ったのを。

——奥さん、どうぞご心配なく……

それだけ言って黙ってしまった。ルイゼットはまだソファに横たわったまま、〈傷ついた剣闘士〉(古代ローマの彫刻—訳注)のように、片腕で身を支えている。そして、折り曲げた肱で髪をうしろへ払いのけ、可哀そうに、当然のことのように救いを求めた。

——ママ!

そして泣きだした。が、不思議なことに、ぼくはそれにほとんど心を動かされなかった。すべてのものに対し、またぼく自身に対してひどくいらだっていた以上に、いま登場してきた前景の人物、母親に注意を奪われていたからだ。彼女は石油ランプを置くと、ルイゼットのほうを向いて言った。

だ。

——するとこの人なのね？

少女は顔を上げると、目を濡らし、泣きじゃくる子供のように口を四角にして叫んだ。

——違うわ、ママ、違うわ！

——うるさいわね！　と、白髪の女性は言った。でも、たしかにこの人よ、このところずっとおまえをかどわかしていたのは。お母さん、見たもの、この人といっしょにヒースのほうの雑木林にいたのを。でも、この人にお目にかかれてうれしいわ、ほんとにうれしいわ。

彼女はすばやくぼくのほうに向きなおった。笠のないランプを前にして、まばたき一つしない。ぼくは彼女の表情とさっきの最後の言葉との対照をいやでも意識しないわけにはいかなかった。ぼくは何か言わねばならないと思った……こんな思いもかけぬ場面で、なすべきこと、あるいはなすべからざることに心を配るのがどんなに大切か、あなたには想像できまいな……だが、ぼくの選んだ言葉はあまりほめたものではなかった。

——奥さん、よそ目には嘆かわしく見えるかもしれませんが、私ははっきり申し上げることができます、ルイズさんに対する私の振舞いは、けっして……

白髪の婦人は両の拳を腰のくぼみに当てたが、こんなおかみさんふうの姿勢も、彼女に似つかわしくないどころか、その逆だった。

——けっして……？　と、彼女はぼくの言葉尻を繰り返した。

——けっして、ルイズさんを危険な目にあわせるような……

——それだけでおっしゃりたいことはわかります、と、彼女は冷たく言葉を遮った。それで言い訳になるとお思いですか？　私は思いません。私からお礼を申し上げるべきだとでも？

少女の啜《すす》り泣きがやむと、同時に豪雨もおさまった。この二重の中断で、部屋はしんと静まりかえり、ぼくの返事を待っているかのようだった。抗弁しようというときに、堪忍袋の緒を切って馬鹿なことを口走らないやつは稀だが、ぼくもそうだった。

——ねえ、奥さん、なるほど私は聖人ではありません。でも、お嬢さんに無理に好意を求めたわけじゃないのです。それに、お嬢さんの美しさは……

藁の詰まったソファの脚がうしろに押しやられて、床石をこすったかと思うと、ルイゼットが涙も拭いきらずに真赤な顔をして、ぼくの前につっ立った。

——母にそんな口のきき方をしないでちょうだい、と、彼女はつっけんどんな低い声で言った。

——よし、二人してぼくにかかってくるなら、ぼくはいっそ……

こう言って、ぼくはちょっと退散するそぶりを見せたが、結局、途中で思いとどまった。怒ったこの小柄な婦人が戸口とぼくの間に立ちはだかって、けっして出口をあけようとはしなかったからだ。

――いっそもくそもありません、と、彼女は言った。

彼女はほんとうに美しい目をし、太陽と風に焼けた鼻梁《はなすじ》と頬骨が光っていた。そして、穴があくほどぼくを見つめているので、ぼくとしても逆らわざるをえなかった。

――では、奥さん、私が遺憾の意をどのような言葉で表わしたらいいか、お教えいただければ……

――お年をうかがえますか？　と、彼女は高飛車に遮って言った。

いくらなんでも、こんな質問ばかりは予期していなかった。それに、この一風変った母親が、自分の娘が男といっしょにいるところを見つけておきながら、おきまりの文句や小言を少しも並べたてようとしないのに驚いてしまった。彼女の口は激しい言葉を吐くようにできていて、いかにも半ば百姓女、半ば町のおかみさんらしく口達者だった。このとっぴな質問にぼくはどぎまぎして、髪に手をやったり、腰の革ベルトを持ち上げたり、昂然と反っくり返ったり、さかんに愚かな仕種を繰り返すことになってしまった。

——ここでなぜ私の年が出てこなければならないのかわかりませんが、とにかく申し上げましょう。四十九歳です。

一瞬、彼女は笑いだすかに見えた。たしかに、この場の雰囲気を茶化してしまったっていいはずでね。このおばさんには才気があり、内気とはおよそ縁遠い女のようにぼくには思われた。事実、一種の笑いが彼女の顔をよぎった。彼女は娘の腕を摑んで抱き寄せ、自分の白髪と娘の赤毛をからみ合わせるようにして、熱っぽく囁いた。

——聞いたかい？　まあ、ようくごらんよ。あの人はね、十五歳半のおまえの三倍、いやそれ以上の年なんだよ！　おまえは五十男にかどわかされたのさ、ルイズ！　この辺にいくらもいる若者ならまだしも、五十男だなんて、ルイズ、五十男だよ！　ああ、も少し恥を知ったらどうなの！

自制していなかったら、ぼくはこの二人のあまをきっと罵倒していただろう、しかもひどく乱暴にね。よく似た顔が二つ並んで、ぼくを穴のあくほど見つめていた。おまけに、例の笠のないランプが目を眩ませる……年とったほうが若いほうの腕を放すと、皺だらけの茶色の人差指をぼくに突きつけて、声を高めた。

——お父さんが生きておいでだったら、いいかい、ルイズ、ちょうどこの人の年なんだよ！

ルイズは短く甲高い呻き声をあげると、母親の白いふさふさした髪に顔を埋めた。母親は娘を押し返しもせず、言葉をつづけた。

——そうだろう、いまはもうこの人の顔なんて見たくもないだろうね。ちょっと遅すぎたけど。でも、見なくてはいけない。ようく見なさい。お父さんと同じ年に生まれた男だよ！

彼女は娘の髪に手をつっこんで、その顔をぼくのほうに向けた。まるで斬り落とした首を振りかざすように髪の毛を摑んでいたが、あまりきつく摑むので、娘は目が吊り上がっていた。

——もしお腹でも大きくされていたら、この人、生まれてくる子供より五十も年上になるところだったんだよ、ルイズ！

　このわめき声に、ルイゼットは身を振りほどき、事実ぼくをじろじろと見つめはじめた。わめきたてる女はまだ罵りたらないとみえて、夜の静寂などおかまいなしに喋りつづけた。

——ごらん、あの人の頭の両側に何があるか。白髪だよ、ルイズ、私と同じ白髪！　それに、目の下の皺！　そこいら一面に老えぼれのしるしがあるよ、そう、老えぼれの！

　彼女はこの百姓言葉をひどく嬉しそうな、楽しそうな様子で叫び、ぼくを傷つけた。ルイゼットはあっけにとられて、目をさました子供のようにぽかんとしている。ランプの炎がその瞳に黄色く映っていた。彼女ははだけていたコルサージュをなおし、上着の皺を伸ばし、ベルトのバックルを締めなおすと、小声で母親に言った。

——私が彼の後を追っかけようか、ママ？　それとも二人で〈追っかーける〉？

母親が答える暇もないうちに、ぼくは外に飛び出していた。そう、外に、悪魔だって引きとめえないような勢いで。わからない？　わからないだろうね、女性を相手に——しかもこの場合は二人だからね——喧嘩するよりは何だってましだということ……男同士なら、殴り合いどころか戦争でさえ、女の怒りほどぼくたちは恐れはしない、臆しはしない。猛り狂った女は何をしでかすか、まったく予想もつかないからね。えらく尊大に〈下司〉扱いするか、あるいは、生爪を剝がそうとするか、鼻を食いちぎろうとするか、ぜんぜんわからない。そもそも彼女自身、わかっていないんだ。それはとてつもなく遠くから彼女を襲ってくるんだから。ああ、ぼくは韋駄天走りに走った！　小石や轍に十分気をつけながら。この災難は、後で考えるとたしかにお笑い種《ぐさ》だが、そのときはそれどころの騒ぎじゃなかった。土手も泉もなかなかまどの小径もライオンの石柱も、ぼくは夢のなかのように走り過ぎ、追いかけてくる二人の女を引き離して、石垣に沿った細い道に入った。が、月はいつの間にか位置を移して、いまやその道を照らしている。いい香りを放っている月桂樹のところで、ぼくは立ちどまった。もう背後には足音がしない。そこで無理に一息ついて、自分がいかに冷静であるかを自らに示すために谷をじっくりと眺めた。谷はふたたび生暖かい靄に薄青く煙り、すらりとした白樺の艶やかな幹が真昼のように光っていた。ぼくは額と首筋の汗を拭い、タバコを取り出そうとして手が震えているのに気がついた。

こんなふうに不安で震えるなどというのは、明らかに窮地に立っている証拠だった。顔を上げると、ちょうど真上の崩れた石垣の上に、母娘が上半身を乗り出してぼくの様子を窺っているのが見えた。ぼくは努めて駈け出さないようにした。自分を叱咤して、月光を浴びて夢想しながらのんびりと散歩する人のような足どりで歩きだした。二つ並んだ顔はぼくの動きにつれて動いてくる。またぼくを追っかけはじめたのだ。実際、先のほうで、二つの顔がふたたび現われてぼくを待ちうけていた。白髪と金髪がポプラの種子のように宙を漂っていた。

彼女たちが上のほうでじっと動かずにいるのを見て、ぼくは立ちどまった。これほど難儀な思いをしたのは生まれてはじめてだった……それからまた、いっそう険しくなった坂道をゆっくりと歩きはじめ、二人の女の真下を通り過ぎようとした……と、そのとき、大きな切石が石垣の上から落ちてきて、ぼくの肩をかすめて足もとにころがると、坂道のぼくのすぐ先にとまった。ぼくはそれを跨いで歩きつづける。しばらく行くと、また同じような石が落ちてきて、耳をかすり、足指をかなりひどく傷つけた——あいにく、ズックの靴しか履いていなかったのだ——。石垣が崩れて低くなっているところに来た。うるさくつきまとう女どもは、その崩れた石垣の上に立ってぼくを待っていた。ついに当然の怒り、侮辱された男の怒りが心頭に発して、ぼくは二人の女めがけて襲いかかり、三跳びで石垣の上に達した。おそらく、彼女たちも理性を取り戻し、自分たち女の限界を思い出したのだろう、ちょっと躊ってから逃げ出し、ほったらかしにされた庭の、紡錘形に刈りこんだ果樹とアスパラガスのぼうっとかすんだ葉叢《はむら》のうしろに消えてしまった。

ともあれ、ぼくは自分を取り戻し、そこにつっ立ったまま、逃げる二人に向かって何やら大声で脅し文句を投げつけた、葡萄の支柱をひっ摑み、それを剣のように振りかざして。まったく馬鹿げた話だが、しかしそれで胸がすっとした。それからまた小径に下りて、月が豹の毛皮のような斑模様を描いている森の下草に辿り着いた。もう兎が走りまわり、小鳥もぼくの足音にびっくりした様子だったが、しかし、この臆病な小動物たちよりももっとぼくは震えていた。といっても、神経はそれほど参ってはいなかった。ぼくは血の滴る耳を拭うと、足の傷のため軽くびっこを引きながら歩きはじめた。

翌日、ぼくはいわゆる〈悪性の〉熱にやられた。蒸し暑かったのと、不用意にもセーターを持って行かなかったためだろう……それに興奮したせいもある。ぼくもそれを否定するほど愚かではないよ。あの女道学者、白い縮れ毛の小柄な婦人との出会いほど、ぼくを驚かした出会いはなかった。怒った母親が、例えば償いを求めたとしても、それは筋が通っている——たとえ最高の償いである結婚を要求しても、これまた話はわかる。でも、こうした要求は、結局は必ずうまく丸めこめるものだ。しかし、あの髪を逆立て、目をむいて、敵に猛然と襲いかかる母親ときたら……石をぶつけてぼくを殺しかねなかった。いや、そうだとも。もしできたら、きっとやっただろうな。そうしたからって、彼女になんの危険があったろう？　石垣はすでにひとりでに崩れていたし、娘はぼくの見るところ、ほんとに可愛いお馬鹿さんだったのだから……

そんなわけで、ひどい熱がかなり長くつづいて、ベッドが軋むほどの震えや悪夢に襲われ、いくらか錯乱状態にさえ陥ったほどだった——ぼくは元来、神経過敏な質《たち》だもんでね――。黄色い獰猛な牝猫だの、一つの首に頭が二つの化物だのを夢に見たよ。館の主はいたれり尽せりの介抱をしてくれ、折よく引出しに〈自家製〉の鎮痛剤があったのを見つけ出してくれたり、腫れた足指が入るように、上履の片方に穴をあけてくれたりした。そして、彼の気持のいい従妹もぼくのパジャマに極めつきのお守りをたくさん縫いつけてくれた。

いや、ルイゼットにはその後二度と会わなかった。会おうとはしなかった。フランシュ＝コンテの黄昏も、繻子のように艶やかな白樺も、ヒースの疎《まば》らな茂みもいっぺんに味気なくなってしまったのだ。でも、もちろん、彼女のことを忘れることはできなかった。彼女を思うと、寒気や上気や吐き気や幻覚が押し寄せて、彼女の魅力を掻き消してしまうんだ。それどころか、困ったことに、ぼくの人生でいちばん美しい……いや、いちばん醜い恐怖が蘇ってきて、肌とシャツの間、ルイゼットとぼくの間、他のルイゼットたちとぼくの間に、冷たい蛇を忍びこませ、熱い蠟の滴をしたたらせ、以後このぼくに――ほら、考えただけでもう油汗をかいてるよ――この世のすべてのルイゼットを禁じてしまったのだ。何？　天罰覿面だって？　まあ、お待ちなさい！　その代りぼくは、予想もしなかったような償いを受けることになったんだ。このテーマはあなたも知ってるだろう？　文学や小話で何度も取り上げられているんだから。ドン・ジュアンの敵と犠牲者たちが集まって、餌食となるはずの美女の代りに付添いの老婆か年増の小間使か何かを閨房に潜ませる話さ。そして翌日、この女たらしのまわりに集まった悪ふざけの張本人たちのコーラスが声高に彼に事の真相を告げる……真相を告げる？　それじゃ、彼は何も気づかなかったのだろうか？　彼の感覚は十分に真実を捉えなかったのだろうか？　いたずら者たちが来なければ、朝、ベッドの暖かい暗闇から満足して出てきたということだろうか？　たしかに、そうかもしれない。いずれにしろ、ぼくにもルイゼットたちの代りに、小間使を代用する手が残っていたと考えてもらって結構。ただ、ぼくには声高にそれを吹聴する友達もいなかったから、自分の運命をあまり嘆いたことはない」

緑色の封蠟

私の〈文房具〉マニアも、十五歳のころには病膏肓《こうこう》に入った感があった。私はただ父の真似をしていたにすぎなかったが、父のほうは生涯このマニアが治らなかった。十五歳の少女といえば、あらゆる悪徳が、ちょうど棘状の鉤の手を無数につけた牛蒡の頭状花（フランスの子供たちは、この花を相手の髪や服に投げつけて遊ぶ―訳注）が髪の毛にくっつくように取りつく年齢で、一度ならず危険を冒すものだ。私は自由を謳歌してあらゆる冒険に身を委せ、そして、その自由が完璧なものだと思いこんでいた。シド（コレットの母、シドニー・ランディー―訳注）が母性本能から、ひそかに私を監視することを潔しとせず、霊感によって行動し、テレパシーによって私を脅かす危険のまっただなかに躍り出たりしていることに気づかなかったのだ。

私が十五歳になったとき、シドは私に、彼女が透視能力を持っていることのはっきりした証拠を見せたことがあった。彼女は、清廉潔白と思われていたある男が、私の顎の尖った小さな顔や、膕《ひかがみ》を打つまでに伸びたお下げ髪、スタイルのいい体に目をつけていることを見抜いたのだ。夏休みの間、私をその男の家庭に預けていたのだが、彼女は突然天啓を受けたかのように、気も動顚せんばかりの、きびしい警告を感じとった。彼女は他人の家庭にわが子を預けた自分を呪い、ただちに顎紐のついた小さな帽子をかぶると、しゃっくりをするような音をたてて走る汽車に跳び乗り――敷かれたばかりの真新しい線路の上を、古めかしい汽車が走りはじめたころだった――ノートル＝ダム寺院の手すりの瞑想する怪獣のように肱をついて黙りこんでいる男の目の前で、私が二人の女の子と庭で遊んでいるところを見つけたのだった。

こんな、いかにも家庭的で平和な光景も、シドの目を欺くことはできなかった。それに彼女は、私が家にいるときよりもずっときれいになっていることに気がついたのだ。男の欲望の熱気を浴びると、娘たちは、十五歳であろうが、三十歳であろうが、こんなふうに色づくものなのだ。叱られるような理由は何もなかったが、シドは私を連れ帰った。これといった落度もないその男にしても、シドがなぜ訪ねてきて、なぜ私を連れて帰ろうとするのか、思いきって尋ねようともしなかった。汽車のなかで、彼女は闘い疲れた勝利者のように眠りこんだ。私は、昼食の時間が過ぎ、空腹を訴えたことを思い出す。だが、彼女は顔を赤らめるどころか、腕時計を見ようともせず、私の大好物の黒パンとクリーム・チーズと赤玉葱を食べさせてくれる約束もしてくれず、ただ肩をすくめただけだった。私がどんなにお腹をすかしていようと、彼女にはどうでもいいことだったのだ――彼女としてはいちばん大切なものを救い出したのだから。

私に罪があり、またその男と共犯であったとすれば、それはただ私が無気力だったからにほかならない。ところが、この無気力さこそが、十五歳の娘にとっては、興奮したり、馬鹿笑いしたり、顔を赤らめたり、不器用に媚びたりするよりはるかに危険なものなのだ。ほんのひと握りの男たちだけが、娘たちにこのような無気力さを与える。そして彼女たちがこの無気力さから覚めたときには、もう取り返しがつかないのだ。シドが、言ってみれば外科手術でも施すように、仲に割って入ってくれたおかげで、私自身を含めて万事がうまくもとにおさまり、私はふたたび子供に逆戻りしたのだった。自分自身に羞らいと同時に自惚れを感じる年ごろの若い娘には、子供に帰るのがまたこのうえなく嬉しいものなのだ。

私の父はものを書くために生まれついたような人だったが、ほとんど何も書き残さなかった。彼はいつも、いよいよ書く段になると、つまらない道具立てのほうに気が散ってしまって、作家にとって必要なものは言うに及ばず、よけいなものまでも身のまわりに並べ立てるのだった。父のせいで、私にはいまでもマニア的なところがある。当時、父の仕事机の完璧な道具立てに感嘆と羨望の念を植えつけられたために、役人みたいにやたらと机上に文房具を並べたがる癖がいまだに抜けないでいる。若いころは何をするにも前後の見境がつかなくなるもので、私は父の机から、葉巻入れの箱の匂いのするマホガニーの小さな直角定規を盗み、次に、ホワイト・メタルの定規を盗んだ……ひどく叱られたのもさることながら、ライバルの燃えるような小さな灰色の目の熱気を顔じゅうに浴びて、そのあまりの激しさに私はもう二度とそんな危険を冒すような真似はしなかった。私はよからぬ考えで頭をいっぱいにして、文房具の宝庫のまわりをうろつくだけに甘んじた。まっさらな吸取紙のついた下敷き、黒檀の定規、ナイフで削ってある一本、二本、四本、六本の色鉛筆。丸い書体用や折衷書体用のペン先、セルジャン・マジョール（普通名詞になった細字用ペン先の商標—訳注）のペン先、鶫《つぐみ》の羽くらいしかない細い製図用ペン先。——赤や緑や紫の封蠟、吸取り器、水糊の壜、それに、〈口つけ糊〉と呼ばれる舌で舐めて使う透明な琥珀色の板糊。——ぎざぎざの縁取りがしてあるペン拭きの大きさになってしまった、北アフリカ原地人騎兵のマントの切れ端。——大小二つ並んだいずれも青銅製のインク壺、書いたばかりの文字を乾かすための金粉がいっぱい入った広口の漆器のお椀。別の広口のお椀には、封印用の色とりどりのパン糊が入っている（私は、そのうちの白色のを食べたものだった）。机の左右に積まれた罫紙とか、筋や模様の透かしの入った紙とかの分厚い束。それにもちろん、あの小さな型押し機。白紙をあてがい、ガチャンとひと押しすると、〈J.-J.・コレット〉の名前が浮彫りになって出てくる機械だ。さらには、筆洗い用の水の入ったコップ、水彩の絵具箱、住所録、紫や赤や黒のインク壺、マホガニーの直角定規、コンパス入れ、刻みタバコの入った壺、パイプ、手紙に封蠟するためのアルコール・ランプ……

もの持ちというものは、さらに持ちものをふやそうとするもので、私の父も、机の上に外来文化を移植することに努めた。例えば、百枚もの厚さの紙を一度に裁断できる機械とか、まず書かれた文字を逆さに吸い取ってから、涙で滲んだような読みづらいコピーを作る白いクリームのついた透写器があった。けれども、父はこういったものにすぐに飽きてしまい、おかげで大きな机も古典主義的明快さをふたたび取り戻すことができ、それがインスピレーションや、それの成果たる削除だらけの文章、タバコの吸殻、あるいはクシャクシャに丸められた〈原稿〉などに乱されることはけっしてなかった。そうそう、うっかり忘れていたが、ペーパー・ナイフの一団のことも言っておかなければならない。黄楊《つげ》製のものが三、四本、銀まがいのものが一本、端から端まで罅《ひび》の入った黄ばんだ象牙製のが一本あった。

十歳のときから、私は、一括して〈文房具〉という名で呼ばれる、知能の栄光と便宜のために考案されたこれらの道具類に羨望の念を抱きつづけていたのだった。子供というものは、隠しておけるものにだけ胸をときめかせるものだ。私は長い間、四枚の扉のついた二段重ねの大きな本箱の、左側の部分の使用権を確保していた（この本箱ものちに差押えにあって売られてしまったが）。上段の扉はガラス張りだったが、下段のほうは木製で、木目のきれいなマホガニーの扉だった。下段の扉を直角に開けると、扉はちょうど箪笥の側面に接するようになっていた。そして、本箱が一辺の壁の羽目板をまるまる占めていたので、私は箪笥の側面と壁と本箱の左半分と開けっ放しの扉でできた四角い片隅で、小さな〈足台〉に腰を下ろして、閉じこもったものだった。目の前の三枚のマホガニーの本棚の上には、透かし模様の筋の入った紙から金粉入りの小型のコップにいたるまで、私の崇拝する宝物が並べられていた。「あなたに似ているわね、あなたの娘は」と、シドはからかうように父に言ったものだ。皮肉なもので、父のほうは、あんなにものを書くのに必要な道具を取り揃えていながら、いやいやながらでもめったにペンを取ろうとはしなかったのに、シドのほうは、邪魔者の牝猫とか、プラムの入った籠とか、下着の山とかをひょいと脇にどけたり、あるいは、机代りに膝の上に分厚いリトレの一巻を置いたりして、いつどこででもものを書くのだった。数多くのそれはみごとな手紙がその証拠だ。手紙を書き延ばすために、彼女は家計簿のページを破いて使ったり、勘定書の裏側に書きつけたりするのだった……

こんなわけで、彼女は私たちの無用の長物の祭壇を軽蔑してはいたが、かといって、おもしろ半分にこさえた自分の勉強部屋を大事に飾りたてようとする私の気を挫《くじ》くようなことはなかった。それどころか、私が、自分の仕切り部屋が私には狭すぎるようになったと文句を言ったとき、彼女はほんとうに心配そうな顔をした……「狭すぎる……そうね、ほんとに狭すぎるわね」と、その灰色の目は言っていた。「十五歳ですものね……うちのおちびさんは、自分の手づくりの部屋におさまりきらなくなって、どこへ行くのかしら？　成長して借りものの貝殻から追われる宿借《やどかり》とおんなじね。すでに、私はあの子を例の淫らな男の手から救い上げてやった。すでに、カジモド祭の日（復活祭の後の第一日曜日—訳注）に〈ダンス・ホール〉に踊りに行くのを禁じなければならなかった。すでに、あの子は私の手を逃れている。やがて手が届かなくなる日がくるんだわ……すでに、あの子はロングドレスを欲しがっている。そんなものを着せたら、どんな盲だってあの子がもう子供じゃないことに気づいてしまうだろうし、だからといって着せなければ、短かすぎるスカートの下にまる見えの一人前の女の脚がみんなの注目の的になるだろうし……十五歳なのねえ。あの子が十五歳、十六歳、十七歳になっていくのを止められないものかしら……」

あのころ、ときどき彼女は、私を外界から隔絶している例のマホガニーの扉の上から覗きこみにやってきた。「何をしているの?」私が何をしているかは一目瞭然だったが、彼女にはどうしてそんなことをしているかがわからなかった。彼女が日ごろ観察する蜜蜂とか毛虫、紫陽花とか松葉菊といったありとあらゆるものが彼女の問いに親切に答えてくれるのに、私は彼女の問いかけに返事をしなかったからだ。それでも、彼女にも、私がこうしてそこにいて、危険から守られていることくらいはわかっていた。彼女は私のマニアぶりにも優しい心遣いを見せ、本のカバーにするための艶のあるきれいな包装紙や、栞紐《しおり》に使う金モールをくれたりした。初めての私のペン軸は、トルコ玉のような青緑色の、光沢のある波形模様が上塗りしてあったが、それも文房具屋のルーモンの店で見つけて買ってもらったものだ。

ある日、母は封蠟を一本私に持ってきてくれた。その見おぼえのある短い緑色の封蠟は、父の書斎の宝物だった……小躍りして喜ばなかったところをみると、たぶん私は、これを身にあまる贈り物と思ったにちがいない。手に封蠟を握りしめると、温まって、何か東洋的な香の匂いがひろがった。

「これはね」と、シドは私に言った。「とても古い封蠟なのよ。ほら、金砂子が散らしてあるでしょう。お父様は私と結婚する前からこれを持っていらしたのよ。お祖母様からいただいたんですって。お祖母様は、この封蠟はナポレオン一世がお使いになったものだってよくおっしゃってたわ。でもね、お祖母様は口を開くと作り話をなさるかただったから、だから……」

「これ、パパが私にくれたの？　それともママが取ってきたの？」

シドはもじもじした。嘘をつかねばならない羽目になって、それでも嘘をつくまいとするとき、彼女は怒りっぽくなるのだった。

「おやめなさい！」と、彼女は叫んだ。「鼻先で髪の毛をクルクルまわすの。そのうち間違いなく赤い団子っ鼻になっちゃうわよ！　この封蠟のことは、お父様があなたに貸してくださったと思っていればいいの。でも、もし欲しくないんだったら……」

必死になって取り上げられまいとする私の仕種を見て、シドは急に笑いだした。そしてなんでもないふうを装ってこう言った。

「お父様がどうしてもご入り用なら、もちろん返すようにおっしゃるでしょ！」

しかし、父は私にその返却を求めはしなかった。金の混ったその緑色の封蠟は、何カ月かの間、マホガニーの扉で仕切った私の小さな王国にかぐわしい香りを漂わせていたが、やがて、誰からも脅かされることのない喜びがすべてそうなるように、私の喜びも薄れていった。それに、私の文房具マニアそのものが、私が突然おめかしに凝りはじめたせいで、一時しだいに影をひそめていった。私は〈腰当て〉をつけたいと思った。つまり、馬尾毛《ばす》でできたパッドで、林檎のようにふくらんだお尻をいっそうふくらませ、その分だけスカートの裾を後方に持ち上げようというわけだ。思春期の狂気のなせる業で、私の村の十三歳から十五歳の娘たちは、気でも違ったように馬尾毛や木綿やウールを盗み、これをぼろぎれで巻いて袋に詰めこみ、〈つけお尻《フオ・キユ》〉と呼ばれたその妙ちくりんな装身具を母親の目の届かない暗い階段などで腰にくくりつけたものだった。私はさらに、前髪を海綿状にカールしたがり、息のつまりそうな革のベルトや鯨ひげ入りのぴんと立ったカラー、ハンカチにつける菫のエッセンスも欲しがった……

それから、私はふたたび子供時代に逆戻りした。というのも、女の子というものは、こんなことを繰り返しながら女になっていくものだからだ。私は、髪をまたお下げにし、頬にかかる髪にカールもせず、ふたたび不器量な娘に戻るのがえも言われぬほど楽しかった。私はどんな装身具よりも、自分の古びた編み上げ靴や、着古した学校の上っ張り、榛《はしばみ》の実やら紐やらチョコレートでいっぱいのそのポケットのほうが好きになった。道端に茨の生えた小径、蒲の穂、長い甘草《かんぞう》飴のような靴紐、猫——要するに、いまもなお私の好きなものすべてが、ふたたび私にとって大切なものになったのだった。あのころを称《たた》えようにも適当な言葉がなく、また鮮明に浮かび上がらせようにもはっきりした思い出がないから、すでに遠い昔となったいまでは、ただ底知れぬ深い、安らかな眠りにたとえることができるのみだ。いまでも、干し草の匂いを嗅ぐと、時折あのころのことを思い出す。きっと、成長期につきものの疲労をおぼえて、新しい干し草のなかで一時間ほど夢も見ずにぐっすりと眠りこんだりしたことがあったからだろう。

ちょうどそのころのことになるが、のちのち〈エルヴエット遺言書事件〉と呼ばれた出来事が起った。エルヴエット老人の死後、遺言書が発見されなかったのだ。地方はいつも風変りな人物に事欠かなかった。黄色く苔に彩られた古い瓦屋根の下、冷えびえとした客間や、永遠の薄暗がりに閉ざされる宿命を負った食堂や、毛糸編みの敷物が罠のようにあちこちに敷かれたはめ木の床に、あるいは、野菜畑の畔道に沿って、堅い頭のキャベツ畑と縮れた葉っぱのパセリ畑の間に、けっして説明のつかないようなことをかかえこんでいるのが、小さな町や村にとっては自慢の種になるものなのだ。私の住んでいた村でも、みごとな妄想狂の典型であったガトロー青年が、葉巻のつもりで木切れを口にくわえて、平然とうわごとを言ったり、真黒な巻毛に覆われた頭を前後左右に動かしたあげく、そのアラブ人みたいな目でじっと若い娘たちを見つめたりしても、みんな大目に見、尊敬はしないまでも、誰も驚いたりはしなかった。また、自ら進んで部屋に閉じこもったきりのご婦人がいて、よく窓ガラスごしに挨拶をよこしたものだが、そこを通る人びとは彼女に感服したものだった。「あのシビル夫人は、かれこれ二十二年というもの、自分の部屋から出たことがないんですよ！　あの人を、あなたがいま見ているのとちょうど同じところに、私の母も見たんですからね。それでいて、目も耳もどこも悪くないっていうじゃありませんか。まったくすばらしい人生ですよねえ！」

けれども、シドは、その婦人が二十二年間外にも出ないで浸っている水族館の前を通りかかると、いつものはしっこい足どりをますます速めて、私をひきずっていくのだった。よく磨かれた窓ガラスの向う側で、その囚われの婦人は麻のボンネットをかぶって微笑んでいた。その黄ばんだ華奢な手に、ときにはコーヒー茶碗を持っていることもあった。見てはならぬ恐ろしいものを確実に嗅ぎ分ける本能によって、シドは、その一階の窓とそこに浮かんでいる頭を見まいとしたのだった。けれども私は、子供特有のサディズムから、彼女に次から次へと質問を浴びせた。

「シビル夫人はいくつだと思う？　夜は窓のそばの肱掛椅子で眠るのかしら？　誰かが服を脱がせてくれるのかしら？　誰かがお風呂に入れてくれるのかしら？　どうやってトイレに行くのかしら？」

　シドは蜂にでも刺されたみたいに跳び上がったものだ。

「お黙りなさい！　そんなこと考えるものじゃありません！」

　エルヴエット氏は、このような、村人たちがいくぶん嘲笑をこめて庇ってくれる変り種のひとりに数えられたことは一度もなかった。彼が一人前になって以来六十年間の経歴はざっとこんなものだ。つまり、いつも裕福で、そのわりには粗末ななりをしていたが、まず未婚の〈大〉地主で、ついで既婚の大地主となり、それからやもめになり、やがて痩せぎすで気性の激しい元〈郵便局の窓口嬢〉と再婚したのだった。

　彼女が胸板を叩いて「ここが燃えるように熱くなるの！」と言うとき、その目がスペイン女のようにギラギラ輝いているのを見ると、相手は、彼女の癒しがたい熱い思いが自分のせいであるような気がしてくるのだった。

「私はね、臆病なわけじゃないが」と、父は言ったものだ。「どんなことがあっても、マテックス嬢と二人っきりになるのはごめんだね！」

再婚してからというもの、エルヴエット氏は、ぷっつり外出しなくなった。だから、彼の命を奪うことになった胃病がいつはじまったのか、誰も正確には知る由もなかった。彼は耳覆いのついた庇帽にいたるまで、いつも黒づくめのなりをしていたが、髪も髭もまるで綿毛に覆われたように真白なので、その姿は繊毛の生えた油虫がびっしり群がっている林檎の木を思わせるのだった。高い壁とほとんど閉ざされたままの正門とが、彼の幸福な第二の人生を守っていた。一本しかないばらの木が、夏になると、二階建ての家の三面をばらの花で飾り、壁の上端を縁取る生い茂った藤が、気の早い蜜蜂たちに栄養を与えていた。けれども、これまでに誰もエルヴエット氏は花が好きだなんていう話は聞いたことがなかったので、時折彼が黒づくめのなりで、藤の垂れさがった花房や咲き乱れたばらの花の下を行ったり来たりしているのを垣間見ることがあっても、彼があれだけの花を自らの手で咲かせ、深い愛情を花に注いでいるとはどうしても思えないのだった。

マテックス嬢からエルヴエット夫人になってからも、元郵便局の窓口嬢はその黒と黄の縞模様の雀蜂のような魅力を失わなかった。艶のないくすんだ肌、締めつけたウェスト、えも言えぬ美しい目、項《うなじ》の上に束ねた、白いものの混じる黒っぽい髷——彼女は裕福なブルジョアの奥さんに成り上がったからといって、動ずる気配も見せなかった。彼女は花を栽培するのが好きなようだった。何事にも公正であったシドは、彼女にだって少しは好意を寄せてあげなければ片手落ちだと考えて、彼女に本を貸し与え、そのお礼に、さし枝をもらったり、小さな棕櫚のように地中から裸の幹が伸びている、ほとんど黒に近い紺色の花を咲かせた木性菫を数株分けてもらったりしていた。私はといえば、エルヴエット-マテックス夫人の容貌にちっとも好感が持てなかった。このうえはないほど月並みなことをあれこれ話すときの、頭に血がのぼったような、哀れっぽい嘆き節《ぶし》に眉をひそめていたのだ……

「仕方がないじゃないの」と、母は言ったものだ。「あの人はハイ・ミスなんだから」

「でもママ、もう結婚しているのよ！」

「あなたはそんなにすぐにハイ・ミスでなくなれるとでも思っているの？」と、シドは厳しく言い返した。

ある日、父が、切断手術後（コレットの父、ジュール・コレットは職業軍人で、一八五九年、イタリア遠征中に脚の切断手術を受けている―訳注）の体力を養うための日課である〈町の散歩〉から帰ってくると、母に言った。

「ニュースだぞ！　エルヴエットさんの親族たちが、未亡人に攻撃を加えたんだって」

「まさか！」

「それも、仮借のない攻撃を！　人の噂では、告訴の理由はきわめて由々しいものだそうだ」

「第二のラファルジュ事件？」

「まったくおまえときたら、こういう話には目がないんだから」と、父は言った。

私は両親の間に、とがらせた鼻面をつっこんだ。

「ラファルジュ事件ってなあに？」

「ある夫婦の間に起った身の毛もよだつような事件よ」と、母は言った。「いつの時代にだってあったんでしょうけど。有名な毒殺事件なのよ」

「まあ！」と、私は夢中になって叫んだ。「なんてすばらしい！」

シドは娘を娘とも思わないような軽蔑の眼差で、まじまじと私を見た。

「まったく」と、彼女は呟いた。「まったくこの年ごろの娘ときたら……十五歳の娘なんてけっして持つものじゃないわ……」

「シド、まあぼくの言うことをお聞き」と、父が遮った。「親族たちはエルヴエットさんの姪の尻馬に乗って、エルヴエットさんが遺言せずに死んだはずがない、未亡人が遺言書を隠してしまったのだと主張しているんだ」

「その理屈でいくと」と、シドはちょっと考えて言った。「相手に遺言なしで死なれたら、男であれ女であれ、やもめというやもめが、みんな告訴されることになっちゃうわ……」

「そんなことはないさ」と、父は言い返した。「子供がいれば、遺言を残す必要はないじゃないか。エルヴエット夫人の情火も、エルヴエットさんの上半身しか燃え立たせなかったと見えるね。だって……」

「コレットがいるのよ」と、母は私を目で指し示しながら、厳しい口調で言った。

「まあそういうわけで」と、父は言葉をついだ。「未亡人も苦境に立たされているわけだ。エルヴエットさんの姪は、自分の目で確かに遺言書を見たと言い張っているんだ。それどころか、彼女はその遺言書の詳細な描写までしてみせるんだって。大きな封筒に入っていて、金の粒入りの緑色の封蠟で五カ所封印してあり……」

「あら!」と、私は思わず叫んだ。

「……そして、表側にこう書いてあるんだそうだ。〈余ノ死後、公証人ウルブラン氏、マタハソノ後任者立チ会イノモトニ開封セラルベシ〉とね」

「でも、その姪御さんが嘘をついているとしたら?」と、私は思いきって言ってみた。

「それに、エルヴエットさん、気が変って、遺言書を破棄しちゃったのかもしれないじゃない?」と、シドも意見をさしはさんだ。「どうするのも彼の自由だと思うけど?」

「二人とも、もう闘牛士を敵にまわして牛の味方をするのかい」と、父は叫んだ。

「そのとおりよ」と、母は言った。「闘牛士って、たいていまるまる肥ったお尻をしているんですもの。あれを見ただけで、敵側につきたくなっちゃうわ！」

「本題に戻ろうよ」と、父は言った。「そのエルヴエットさんの姪御の亭主というのが、ずいぶんと陰険なご仁《じん》でね。名前はペルピュイといって……」

私はすぐに聞き飽きてしまった。〈親族たちが未亡人に攻撃を加えた！〉などという言葉を真に受けて、私は血腥《なまぐさ》い闇討ちか何かの話を期待していたのに、聞えてくるのは〈自由処分可能分、自筆遺言書、誰とかさんに対する告訴……〉といった切れ切れの、呪文のような言葉だけだった。

それでも、しばらくしてエルヴエット夫人が訪ねてきたときは、さすがに好奇心をゆすぶられた。ライン葡萄酒の壜のような肩にまとったシャンティイ〈パリの北四十キロにある刺繍と陶器で知られる町―訳注〉刺繍のまがいもののケープ、ひどく分厚くて、ほとんど不透明な爪がむき出しになっている黒い半手袋、白髪まじりの豊かな黒髪、喪服のスカートの上でぶらぶら揺れている、ポケット代りにベルトから吊るした黒いタフタの大袋、そして、彼女自称の〈妖艶なる眼差〉、それらすべてがついに私の興味を惹《ひ》き、私にははじめて見るもののように思われた。

シドは未亡人を優しく迎え、庭でフロンティニャン葡萄酒を少しと、三角形に切ったパウンド・ケーキのひと切れを彼女に勧めた。六月の午後の庭には蜂の羽音のようなざわめきが満ちていて、くるみの木は時折茶色の毛虫を私たちの周囲に落とし、空には一片の雲もなかった。母のきれいな声とエルヴエット夫人の嘆くような声が、静かに言葉を交わし合っていた。話題はといえば、いつものことながら、サルピグロシス（チリー原産のナス科の観賞植物—訳注）だの、グラジオラスだの、性悪の女中たちのことだった。やがてその訪問客は別れを告げて立ち上がり、母が見送った。

「もしよろしければ」と、エルヴエット夫人は言った。

「近いうちにご本を借りにうかがいたいのですけど。私はほんとうにひとりぼっちなものですから……」

「いまお持ちになればよろしいのに」と、シドが勧めた。

「いえいえ、急いでいるわけじゃありませんから。それに、冒険小説の題名をいくつか書きとめてあるものですから。それでは奥様、ごめんください……」

そう言うと、エルヴエット夫人は、母屋のほうへ通じる小径ではなく、芝生をぐるっと取り囲んでいる小径のほうに入りこみ、芝生の小島のまわりを二周した。

「あらまあ、私ったらどうしたのかしら……失礼しました……」

彼女は慎ましやかに笑い、それから廊下の端まで辿り着くと、観音開きの二枚扉を軽く叩きながら、左側の、しかも高すぎるところにしきりに掛け金を探すのだった。掛け金が右側にあるということは、これまでの幾度となない経験で十分に知っているはずなのに。母は彼女に扉を開けてやり、礼儀としてちょっとの間玄関前の階段の上に立っていた。私たちは、エルヴエット夫人がまず家並みに沿って歩いていき、それから、スカートをつまみ上げて、まるで浅瀬でも渡るみたいに大急ぎで通りを横切って去っていくのを見送っていた。母は扉を閉め、私が彼女を目で追っていたのに気づいて、こう言った。

「あの人、いまさらどうしようもないわ」

「誰のこと？　エルヴエット夫人のこと？　なんで？　どうしようもないって、どんなふうに？」

シドは肩をすくめた。

「そんなことわからないわ。そんな感じがするだけよ。胸にしまっておきなさい」

私は母の言うとおりぴたりと口を閉ざした。というのも、幼虫のように一連の変態段階を経つつあった私は、そのころ、すっかり〈教養ある愛書家〉になっていたからで、本の置き場をこしらえるために寄せ集めの文房具をひっくりかえしているうちに、エルヴエット夫人のことなど忘れてしまったのだ。何日かして、私がジュール・ヴェルヌを『生きた花々』（グランヴィル（一八〇三―四七）の超現実的なデッサン集―訳

注）と立体地図帳の間に入れていると、エルヴエット夫人が呼鈴も鳴らさずに突然現われた。玄関の扉は、犬のドミノが出入りできるように、ほとんど一日じゅう開けっ放しにしてあったのだ。

「まあ、本箱の整理をしているのね。なんてお利口さんなんでしょう！」と、その訪問客は大仰に言った。「今日はどのご本を貸してくださるの？」

エルヴエット夫人が声を張り上げるたびに、私はいつも歯を食いしばり、目をつぶらんばかりにしたものだった。

「ジュール・ヴェルヌ……」と、彼女は嘆くような調子で読みあげた。「二度読む気はしないわね。一度結末がわかったら、それで終りですものねえ」

「そこの大きな棚に、バルザックがあります」と、私は指し示した。

「あれはむずかしすぎますわ」と、エルヴエット夫人は言った。

バルザックがむずかしいですって？　私の揺籠であり、私の散策の森、私の心の旅路であるバルザックが？……私はびっくりして、私より頭一つ背が高いその黒髪の女性を見上げた。彼女は一輪のばらの切り花を弄びながら宙を見つめていたが、その顔だちには、文学に対して何か持論を持っていると思わせるようなところはぜんぜん見られなかった。彼女は私の視線を感じて、代書屋のような私の道具一式に興味を惹かれたふうを装った。

「すばらしいわね。なんて立派なコレクションなんでしょう！」

彼女の口もとは、この一週間の間にすっかり老けこんでしまっていた。彼女は身をかがめたまま、私の聖なる宝物をあれこれ手に取ってみたりしていたが、突然、はっと身を起した。

「それはそうと、お母様はいらっしゃるの？」

その場を抜け出してこの〈どうしようもない〉婦人の傍を離れることができるのをこれ幸いとばかりに、私はまるで〈火事だ！〉とでも叫ぶみたいに〈ママ！〉と呼びながら、外へ飛び出した。
「あの人、本を何冊か持っていったわ」と、シドは二人だけになったとき私に言った。「でも、ほんとに、あの人は題も見やしなかったわ」

〈エルヴエット事件〉の残りの部分は、私の記憶のなかでは、いわば上を下への大騒ぎの、小説的な大混乱の様相を呈している。そのなかでも、いちばん鮮明に思い出すことができるのはシドから聞いたもので、それというのも、彼女の声音がいまもなお私の耳にひどくはっきりと残っているからだ。彼女が語ってくれたいくつかの話、彼女と父とのやりとり、それに、その頑として自説を曲げない議論や反駁の仕方、そういったもののおかげで、私は、片田舎におきたこの息も詰まりそうな出来事に興味を惹かれたのだった。

ある日のこと、エルヴエット夫人が最後に訪ねてきてからまだいくらも経っていなかったが、その辺一帯の人びとは口々に「遺言書が見つかったぞ！」と叫び、未亡人がウルブラン公証人の事務所で手渡したばかりの、五カ所に封印が押されたその大きな封筒のさまを語り合った。不安な反面勝ち誇ったペルピュイ＝エルヴエット家ならびにエルヴエット＝ギヤマ家の面々と未亡人がそれぞれ公証人のところに赴き、そこでエルヴエット夫人は、その徒党を組んだ血も涙もない一団、シドに言わせれば〈遺産相続人面《づら》をした連中〉とたったひとりで相対することになったのだった。「あの人、ブランデーの匂いをさせていたようね……」と、母は話したものだ。ここから先の話は、母の声に代って、週に一度日雇いでアイロンかけに来ていたせむしのジュリア・ヴァンサンの声になる。私は金曜日になると、それが何週間つづいたのかはもうおぼえていないが、ジュリアにせがんで、彼女の知っていることを全部吐かせたのだった。彼女の声は、喉もとと背こぶと落ちくぼんだ畸形の胸に締めつけられて鼻声だったが、私はその人の心に浸みわたるような響きが好きだった。

「いちばんおどおどしてなさったのは、公証人の先生でした。第一あのかたはチビで、あのご婦人の半分しきゃありませんから。ご婦人のほうは上から下まで黒づくめで、顔を覆っているヴェールが足もとまで垂れていました。で、公証人の先生は両手でこのくらいの大きさの（と、彼女は父の大判のハンカチを一枚ひろげてみせた）封筒を取り上げると、こんなふうに甥御さんたちにぐるりとまわして見せて、封印を確かめさせなさいました……」

「でも、ジュリア、あなたはその場にいなかったんでしょう？」

「ええ、でもウルブラン先生のとこの若い書記が、鍵穴から一部始終見ていたもんで。甥御さんのひとりが、二言三言何か言いなさいました。するとエルヴエット夫人が、まるで公爵夫人みたいな様子で、その人を見返しました。公証人の先生は、エヘンエヘンと咳払いをしてから、封印を破って、それを読みあげられました」

私の思い出のなかで語っているのは、あるいはシドだったり、あるいは誰かエルヴエット事件の熱心な吹聴者だったりする。あるいはまた、あのスペイン女のような眼差で相続人の面々をじっと睨みつけ、勇気づけに呷《あお》ったブランデーの味の残る唇を舐めまわしている痩せぎすの大女を私のために描いてくれたのは、ベルタル（一八二〇―八二。風刺画家、版画家、作家―訳注）とかトニー・ジョアノ（一八〇三―五二。画家、版画家。挿絵の先駆者―訳注）とかいった版画家たちのような気がする……

こうして、ウルブラン先生は遺言書を読みあげた。だが最初の数行を読みあげるや、その印紙を貼った紙片は彼の手のなかでぶるぶると震えだした。そこで、彼はいったん中断し、何やら言い訳しながら眼鏡を拭いた。それからふたたび読みあげはじめ、最後まで辿り着いた。遺言書は、遺言者が自らを〈心身トモニ健全ナル者〉と明記しているにもかかわらず、始めから終りまで突拍子もないことの連続で、なかでも、クロビス＝エドム・エルヴエットの愛妻であるルイズ＝レオニー＝アルベルト・マテックスに対して二百万フランの負債あり、と自認するくだりにいたっては呆れてものも言えなかった。

遺言書はシーンと静まりかえったなかで読み終えられ、固唾《かたず》をのんで聴き入る相続人たちの一団からは声一つあがらなかった。

「遺言書が読み終えられたときの静けさときたら」と、シドは語ったものだ。「窓伝いの葡萄棚に群れる雀蜂のぶんぶんいう羽音がはっきりと聞えるほどだったらしいわ。ペルピュイ家の人たちも、ギヤマ家の人たちも身動き一つせず、ただただエルヴエット夫人を見つめるばかり。きっとあの人たちも、彼女が取り返しのつかぬことをしでかしているのを感じていたんでしょうね。いくらお金に目が眩んだ欲張りにだって、第六感が働くこともあるんでしょうよ。ギヤマ家のなかでも他の連中よりはまだましな女の人が言ってたけれど、エルヴエット夫人は、まだ誰も口をきけずにいるうちに、まるで毛虫を呑みこんだ雌鳥みたいな奇妙な仕種で首を動かしはじめたんですって……」

余談の幕切れのありさまは、巷で、炉辺で、小さなカフェで、定期市で噂された……ウルブラン先生が、雀蜂の震える羽音のなかでやおら口を開いたという。

「天地神明にかけて、遺言書の筆蹟が本人のものと合致していないということを申し上げておかねばならないものと考えます……」

耳をつんざく金切り声が彼の言葉を遮った。彼と相続人たちの目の前にいるのは、もはやエルヴエット未亡人ではなく、足を踏み鳴らしながらくるくるまわっているひとりの痛ましい狂女、黒衣をまとった回教の舞踏僧のように、大声で叫び、わめきたてながら、われとわが身を引き裂いている狂女であった。いまや精神錯乱に陥った彼女は、遺言書の偽造のほかにも、いろいろなことを白状したが、そのなかに、黒うめもどきだの、ヒヨスだのといった毒草の名が次々と出てきたので、仰天してしまった公証人が思わず叫んだほどだった。

「おいたわしや！　奥さん、あなたは訊かれてもいないことを喋りすぎますよ！」

こうしてその狂女は、精神病院に幽閉された。だから、エルヴェット事件は幾人かの人びとの記憶には残ったにしても、少なくとも重罪裁判所には〈エルヴェット事件〉なるものは存在しなかった。

「どうしてなの？　ママ」と、私は尋ねた。

「気の狂《ふ》れた人は裁判にはかけられないものなのよ。でないと、彼らには、気の狂れた人たちのなかから裁判官を選んでやらなければならなくなるでしょう？　でも、考えてみれば、それも悪くはないわね……」

彼女は、もっとよく考えてみるために、せっせと動かしていた華奢な手を休めた。あの日はたしか、いんげん豆の莢《さや》をむいていたように思う。それとも、小指をちょっとはね上げて、父のステッキの柄に黒いニスを塗っていたのかもしれない……

「そうだわ、そうなれば裁判官にも、狂気と言われるもののなかにも計算づくのところもあるんだってことがわかるでしょうし、隠された、人の目を欺くどんなかすかな正気だって嗅ぎ分けるでしょうからね」

このモラリスト、十五歳の娘に向かって予想もしなかった結論をぶちまけるこのモラリストは、園芸用の青い上っ張りを着ていた。その上っ張りはだぶだぶで、彼女をまるまる肥って見せた。彼女は人を射すくめるような灰色の視線を、あるときは眼鏡を通して、またあるときは眼鏡の縁ごしにまっすぐに投げてきた。けれども、上っ張りにまくり上げた袖、木靴にいんげん豆という恰好をしていながら、彼女はけっしてみすぼらしい感じも下品な感じも与えなかった。

「あのエルヴエット夫人のいけないところは、誇大妄想狂だった点ね」と、シドは言葉をついだ。「とてつもない考えにとり憑かれることが多くの犯罪のはじまりなのよ。犯罪を企て、実行しても、自分だけは罰せられずにすむだろうなどと考える愚か者ほど腹が立つものはないわ。今度の事件にしたって、エルヴエット夫人の愚劣さのおかげで胸がむかむかするじゃないの。ひどく苦い煎じ薬であの気の毒なエルヴェット老人に毒を盛るのは、そりゃたしかにむずかしいことじゃなかったでしょうよ。無邪気な死刑執行人に間抜けな犠牲者、うまい組合わせだもの。でも、才能もないのに人の筆蹟を真似ようとしたり、めったにない特殊な封蠟なのにそれをのほほんと使うなんて、まったくなんというちゃちな策略かしら。自惚れもいいところだわ！」

「でも、どうしてあの人は白状しちゃったのかしら？」

「だって」と、シドは考えこみながら言った。「白状っていうものは、ほとんどせずにはいられないものだからよ。白状って……いわば……自分のなかに宿している他人みたいなものなのよ……」

「赤ちゃんみたいなもの？」

「いいえ、赤ちゃんじゃないわ……赤ちゃんならば、いつ生まれ落ちるのか正確にわかるでしょ。ところが白状のほうは、突然、予想もしてなかったときに外に飛び出し、自由を満喫し、自分をさらけ出し……わめきたて、はしゃぎまわる……あの人は白状しながら踊ったってわけね、あの痛ましい罪人《つみびと》は。自分ではこのうえなく抜け目ないつもりだったんでしょうに……」

わめきたて、はしゃぎまわる……だから私もすぐさま、私自身の秘密をシドの耳に囁いて自由にしてやった。エルヴエット夫人が最後に訪ねてきたその日に、金砂子を散らした緑色のちびた封蠟が消えてなくなったことに、ちゃんと気づいていたのだ、と。

アルマンド

「あの娘《こ》のこと？　あの娘《こ》ときたら、兄さんに夢中よ、ほんとに！　だいたい、十年も前から、彼女の頭には兄さんのことしかなかったわ……兄さんが動員されて戦争に行っている間じゅう、彼女は口実を作ってはうちの薬局《おみせ》の前を通るようにして、私に便りがあったかどうか尋ねたものよ」

「ほんと？」

「〈で、お兄様は？〉って口にするまで帰らないの。ずっとねばっているのよ。そしてねばっている間に、アスピリンだの、咳止めの塗り薬だの、チューブ入りのラノリンだの、オーデコロンだの、ヨードチンキだのを買ってくれてね……」

「で、当然おまえは、彼女がねばるように仕向けたわけだろう？」

「あら、いけない？　とどのつまり、兄さんから便りをもらったって言ってあげると、やっと帰っていくの。言わないうちは絶対だめなのよ。彼女がどんな娘《こ》か知ってるでしょ?」

「まあね……いや、そうでもないな、結局のところは。どんな娘《こ》か知らないよ」

「まあ、なに言ってるのよ。兄さんときたら、自分からことをこみいらせて、いらないことに気をまわしすぎるんだから……アルマンドは申し分のない娘《こ》だわ、たしかに。でも、彼女には前から、財産持ちの孤児という役割を少しばかり大袈裟に考えすぎるところがあったわ。たしかに、こんな片田舎にあっては、それはたやすい役まわりじゃなかったでしょうけど。でも、だからといって、そんなにまで彼女に気おくれしちゃうなんて、兄さんが、マクシム兄さんが!……ほら、足もとに気をつけて! 新しい歩道ができたのよ。もう足を濡らさずに歩けるわ」

月の出ていない真暗な九月の夜空には、湿った大気を通して一面に星がまたたき、目には見えない川がアーチ橋の下でチャプチャプと音をたてていた。マクシムは足を止めて、欄干に肱をついた。

「欄干も新しくなったんだね」と、彼は言った。

「ええ。町の商店の人たちが町議会に同調してね……軍隊や難民がたくさん通ったおかげで、ここの商店は食料品や衣料品を売りさばいてしこたま儲けたのよ……」

「食料品に衣料品、靴に薬、ほかにもいろいろと売りまくったんだろ。みんなが〈農事共進会〉とか〈馬匹共進会〉とか言うのと同じ調子で〈難民〉って言ってることも知ってるよ」

「とにかく、商店の人たちとしても、それ相当の犠牲的行為を買って出たかったのよ……」

ドゥボーヴ夫人は、マクシムがこの〈犠牲的行為〉という言葉に低く笑うのを聞いた。そこで、彼女は抜け目なく中途で言葉を切り、アルマンド・フォーコニエのことに話を戻した。

「それに、あの娘《こ》は戦争の間も兄さんのことをそんなにうっちゃらかしにしなかった
じゃないの。彼女、手紙を出したでしょう?」

「はがきを何通かもらったよ」

「小包やすてきなセーターも送ってくれたし」

「小包やセーターのことなんかどうだっていいんだ!」と、マクシム・ドゥグートは
憤然とした口調で言った。

「それに、はがきだってそうさ。ぼくは彼女に施しなんか乞うたおぼえはないよ」

「あらあら、なんて性格でしょうね……マクシム兄さん、せっかくのここでの最後の夜会を台なしにするもんじゃないわ! 白状なさいよ、今夜の夜会すばらしかったでしょ? アルマンドって客のもてなし方がうまいわね。フォーコニエ家の人たちはみんな、昔からああだったけれど。アルマンドは控え目に振舞うすべを心得ているわ。おかげで、彼女が全額費用を負担している子供たちのための無料診療所のことを話題

にしようと思ったのに、できずじまいだったわ」

「戦争中、なんらかの形で子供のための無料診療所をつくろうとしなかった者がいたかい？」と、マクシムは不満げに呟いた。

「ええ……そんな人たしかにたくさんいたわよ！　なんといっても、財産がなけりゃならないでしょ。ところが、彼女にはほんとうに財産があるのよ」

マクシムは答えなかった。彼は妹がアルマンドの〈財産〉の話をするのが不愉快だったのだ。

「川の水位が低くなってるね」と、彼は一瞬おいて言った。

「目がいいのね！」

「目の問題じゃないよ。嗅覚の問題さ。水位が低くなってくると、麝香の匂いがするんだ、このあたりでは……川底の泥のせいだよ、きっと……」

彼は突然、これと同じことを言ったことがあるのを思い出した、この同じ場所で、一年前、アルマンドに。不快げに、彼女は鼻孔をすぼめ、みっともなく口を歪めたのだった。〈水底の泥がどんなものか知りもしないくせに……あのパール・グレイ色の粘土は素足の指にとても快くて、不思議と麝香のような匂いを放つものなのに、彼女ときたらそれを普通の泥といっしょにしているんだ。彼女はいつだって、人が味わったり、触れたり、嗅いだりするものを頑として寄せつけまいとするんだから……〉

乱舞する夜蛾が橋の両袂にある円い電燈の笠をほとんど覆い隠していた。マクシムは妹が欠伸するのを耳にした。「さあ、行こうか。ここにいたって仕方がないや」

「それはこっちが言いたい台詞よ」と、ドゥボーヴ夫人は溜息をついて言った。「聞える？　ほら、もう十一時よ！　エクトールはきっと私の帰りを待たずに寝てしまってるわ」

「寝かせておけばいいじゃないか。何も急ぐことはないさ」

「冗談じゃないわ！　私だって眠いのよ！」

彼は妹と腕を組んだ、あの夢多き学生時代のように、兄妹が夫婦のプラトニックなまねごとをしては心から満足をおぼえるあの時代のように。〈そこへ肥った赤毛の青年が現われる。すると、血の気の多い妹は、「中央大薬局」の奥方になれる喜びと幸福のために、彼の後についていってしまう。妹は間違ってはいなかったというわけだ、結局のところ……〉

通行人がひとり、彼らに道を譲り、ジャンヌに挨拶した。

「今晩は、メルル。もう痛みはよくなりまして?」

「まあ、だいたいってところでさぁ、ドゥボーヴさん。じゃ、おやすみなさい、奥さん」

「患者さんなの」と、ジャンヌは説明した。

「ふん、きっとそうだろうと思ったよ」と、兄は皮肉な調子で言った。「おまえが薬剤師然とした口のきき方をするときったら……」

「何よ、私が兄さんのヤブ医者じみた口のきき方をからかったことがあって？〈何より、奥さん、できるだけいらいらなさらないことです。病状は徐々に、いや目に見えて快方に向かっていますよ。が、まだ肉類はいっさい召し上がらないように、よろしいですね〉とかなんとか、お説教したり、指図したりして、うまくけむに巻いちゃうんだから……」

マクシムは腹の底から笑った。その少々もったいぶった口真似は実に真に迫っていたのだ。〈まったく女っていうのは猿みたいだな、男の滑稽さや恋愛沙汰や病気なんかを実によく見ているんだから。あの娘《こ》だってこの妹とそんなに違いがあるはずがない……〉

彼はいま別れてきたばかりの、フォーコニエ家の玄関の石段に立っている彼女の姿を思い浮かべていた。玄関のシャンデリアが彼女の背後に灯っていて、その青ガラス製の昼顔の飾りやクロムめっきした弓形のつるが彼女の光輪のように見えるのだった。〈さよなら、アルマンド……〉彼女はちょっとうなずいただけで何も答えなかった。〈つまり、彼女は言葉を出し惜しみしてるんだ！　いつか、がらんとした部屋か森のはずれかどこかで彼女を捕まえたら、なんとかして彼女に大声をあげさせてやるぞ！〉しかし、彼は森のはずれでアルマンドに会ったことなどなかった。それに、そんな乱暴な振舞いは、いざアルマンドを前にするや、彼にはとてもできないように思われるのだった。

病院の鐘が十一時を告げた。ついで、まわりの新築の建物に押しひしがれた恰好の背の低い小さな教会が十一時を告げ、最後に、窓の開いている暗い一階の部屋で鋭く澄んだ時計の音が十一時を打った。練兵場を横切る途中で、マクシムはとあるベンチに腰を下ろした。

「ちょっと待って、ジャンヌ！　神経を休めさせてくれよ。ああ、いい気分だ」

ジャンヌ・ドゥボーヴはしぶしぶ同意した。

「その神経をアルマンドに向ければよかったのよ。まったく兄さんって心臓が弱いんだから！」

彼が何も言わずにいると、彼女は悪意のこもった笑い声をあげた。彼は心のうちで、女性に対する内気さを認めると、どうしてふしだらな女の欲望をそそり、逆に、操《みさお》正しい女からは侮りを受けることになるのだろう、と考えてみるのだった。

「兄さんはあの娘《こ》に気おくれしてるというわけよ。そうよ、気おくれしてるんだわ。ほんとうにあきれちゃうわ！」

彼女はあきれはてたあげくに、今度は馬のいななくような笑い声をあげたり吹き出したりしながら、彼にありとあらゆる揶揄を浴びせるのだった。

「兄さんだってもうそんなに若くはないのよ……世間知らずって年でもないし……ノイローゼでもないし……ありがたいことに、スタイルだって悪いことないわ……」

彼女は兄にはないものをすべて数えあげた。が、彼にしてみれば、ずばり彼自身を、つまり、長年恋い焦がれている男という事実を指摘しないでくれたのはありがたかった。

マクシム・ドゥグートの長年にわたる恋慕は、放縦に奔《はし》ることもなかった代りに、彼が何カ月もアルマンドから離れている間に習慣と化してしまっていた。二人の間には一種、夫婦の信頼感みたいなものがあって、彼女から遠く離れている間、彼は結構女遊びもしたし、彼女を忘れているときさえあった。だから、医学の勉強を終えて、成人したアルマンド・フォーコニエに再会したときは、彼は唖然としたのだった。彼の思い出のなかにあった青春期のアルマンドは、みるみる背丈が伸び、肩が尖り、骨ばった末頼もしい若い牝馬のようにぎこちないなかにもどこか気品のある少女だったのに。

彼女に会うたびに、彼は彼女の虜《とりこ》になっていった。彼は彼女に対して、庭師の息子が〈お城のお姫様〉に抱くような、ひそかな胸苦しい想いを抱くようになった。こんなにも美しい娘を少し傷つけてやりたいとまで思うほどだった、髪がほどよく褐色で、顔がほどよく白く、背がすらりとして、肌が梨のようにすべすべとした、頭のてっぺんから足の先まで惚れぼれするようなこの娘を。〈だが、ぼくにはとてもそんな勇気はない。そうさ、ぼくには勇気がないんだ〉と、彼はいつも彼女と別れぎわに思い悩むのだった……

「ベンチの背凭せがすっかり濡れてるわ」と、ドゥボーヴ夫人は言った。「私、もう帰るわよ。明日はどうするつもりなの？　アルマンドにさよならを言いに行くの？　彼女はそのつもりでいるわよ、わかってるでしょうけど」

「彼女は誘いはしなかったよ」

「まあ、もうそんな恨みがましいことを言ってるの！　それならそうと、あの娘《こ》に気おくれしてるんだってことを認めたらどうなの！」

「認めるよ」と、マクシムは答えた。それがあまりにやさしい声だったので、妹もそれ以上彼を傷つけようとはしなかった。

二人は黙ったまま「中央大薬局」まで歩いた。

「明日はもちろん私たちといっしょに昼食をするんでしょうね。最後の食事をいっしょにしてくれなかったら、エクトールは気を悪くしちゃうわよ。アンプルの包みはちゃんと用意しとくわ。例の血清のことだけど、あれはいつまた手に入るかわからないわ……じゃあ、アルマンドにはあなたがさよならを言いに行くなんて電話しないほうがいいのね?……でも、行かないとも言わないほうがいいんでしょ?」

彼女がいつまでも鍵束をガチャガチャさぐっているので、マクシムは懐中電燈で照らしてやった。すると、その光の輪のまんなかに、ジャンヌ・ドゥボーヴの意地の悪そうな顔、満足と非難の入り交った表情が浮かび上がった。

〈妹はぼくがアルマンドと結婚すればいいと思っている。妹はあの娘《こ》の財産や豪華な邸宅「すばらしい世間的効果」、それにいつも言っているようにぼくの職業のことを慮《おもんばか》ってるんだ。だけど、そのくせ妹は、ぼくがあまり喜んでアルマンドと結婚するのもいやなんだ。こんなことはすべて当り前で、当り前でないのはぼくだけさ。だって、ぼくはアルマンドが愛情もなしにぼくと結婚するなんて、考えただけでも耐えられないからな〉

彼は泊まっているホテルへの道を急いだ。町は眠っていたが、駅の近くにあるそのホテルでは、安息を妨げる雑然としたあらゆる物音が反響し、人の疲労の度を深めるような光が煌々と輝いていた。鋲《びょう》を打った靴底の音、震えている天井燈の鈴のような音、カーペットも敷いてない床、エレベーターのドアの音、水道の蛇口のいななくような音、地下の厨房で拍子をとって流し台に投げこまれる皿の音、断続的にジリジリと鳴りわたる呼鈴の音、それらが静寂を求めて自分の部屋へ急ぐマクシムを嘲りつづけるのだった。疲労困憊した彼は、自分も人間どもの演じるこのてんでんばらばらなコンサートに加わり靴を床の上にぬぎ捨て、廊下に放り出すと、ドアを力まかせにバタンと閉めた。
彼は冷水シャワーを浴び、ぞんざいに体を拭うと、鏡に映る自分の姿をじろっと一瞥して、真っ裸のままベッドに横になった。〈がっしりした骨格に隆々たる筋肉、それに非の打ちどころのない四肢、いまの世じゃこれだけだってたいしたものなんだ。大きな鼻に大きな目、オートバイ乗りのかぶる頭布のようにこんもりした豊かな髪、フォーコニエ嬢以外の女たちは、これらで結構楽しんだものさ……それにしても、フォーコニエ嬢がこんな真っ裸の毛深い男と寝ている姿なんてとても想像できないな……〉
ところが彼は、それどころか、彼女の姿をなまなましく思い浮かべていたのだった。満たされぬ悲しい欲望にいらだちながら、彼はホテルが静まるのを待った。やっと、聞える物音といったら犬の吠え声やガレージのドアの音、車の発車音だけになって、あたりが静まりかえったころ、そよ風が立ちはじめ、人間たちが夜に加えた最後の非礼を一掃し、開け放した窓から償いのように部屋に吹きこんできた。

〈明日こそ〉とマクシムは自らに誓うように呟いた。それは漠然とした誓いで、アルマンドを征服してやろうという誓いであると同時に、医者としての生活に戻る誓いでもあり、また、生来の無精な性分に日々是が非でも打ち勝って、仕事に励まねばならぬという誓いでもあった。

〈明日こそ〉と彼はもう一度呟くと、枕を遠くへ放り投げて、寝返って俯《うつぶ》せになり、組んだ両腕の間に頭を埋めて眠りに落ちた、黒く長い巻毛のアルマンドのことを夢見ていたかつての内気な少年と同じ姿勢で。その後年ごろの青年になってからも、彼はやはりこんな恰好で眠ったが、そのころ彼は、ミサが終って出てきた〈あのフォーコニエ家の婦人たち〉を摑まえては、ペイロルの店でレモンのアイスクリームを食べていかないかと勇を鼓して誘ったものだった。〈でも、お昼にもう十五分しかないってときに、レモンのアイスクリームを食べる人なんていないわよ、やあねえ、マクシムったら！〉と、アルマンドは答えるのだった。この〈やあねぇ〉という一言のなかに、どんなに人を見下す叱責がこめられていたことだろう！〈やあねぇ、マクシムったら、いつも窓の前に立たないでよ、暗くなっちゃうじゃない……マクシムったら、やあねぇ！ あなた、アウトになったボールをまた打ち返したわよ！〉

けれども、ある時期が過ぎると、もう〈やあねぇ〉も、高みから降ってくる叱責もなくなったのだった。なかなか寝つかれないまま、マクシム・ドゥグートは二十五歳の彼にいささか自信を取り戻させたある思い出の周辺を模索しているうち、アルマンドの慇懃無礼さがそのときから消滅していることに気がついた。その日、彼がジャンヌといっしょに玄関の石段の下に着いたとき、ちょうどアルマンドは透し細工を施した銀メッキの鉄のドアを開けて出かけようとするところだった。二人はずいぶん長い間会っていなかった。――今日は。まあ、あなたなの。――うん、妹がどうしてもついてきて欲しいってせがむもんだから。ぶしつけかとも思ったんだけど。――まあ、ご冗談を。——パリの友人が今朝、車でここまで送ってくれたんだ。——まあ、それはよかったわね。それで、しばらくこちらにいらっしゃるの？——いや、その同じ友人が明日昼食の後で連れに来てくれるんだ。——まあ、ずいぶんあわただしいのね……要するに、自分たちの交している言葉に注意を払ったら、ご本人たちが赤面してしまうようなお粗末な会話だった。階段の五、六段上のところから、マクシム・ドゥグートに、驚き、傷ついた大きな眼差がじっと注がれていた。それから、彼の膝のあたりにスカートの裾が軽く触れたかと思うと、アルマンドの手からハンドバッグが滑り落ちてきた。彼はそれを拾ってやった。

気乗りのしないピンポンの試合をしてから、やたらに甘いおやつをご馳走になると、握手——相手の手はしっかりとすばやく彼の手を握ったかと思うと、すぐにひっこめられた——をして、彼はふたたびアルマンドと別れたが、帰る道すがら、ジャンヌは皮肉をこめて情況判断をするのだった。〈ねえ、あのきれいなアルマンドを自分のものにするのはむずかしいことじゃないわよ。私って、こういうことには詳しいんだから〉そしてつけ加えた。〈でも、兄さんはやり方がへただからね〉しかし、それは二十歳《はたち》の娘の言葉にすぎなかった、自分と同じ若い娘のことなら誤たずに判断できると思いこんでいる若い娘の確信にすぎなかった……

彼はうとうとしているような気がしていたが、その実、深い、だがいらだたしい夢のなかに落ちこんでいた。フォーコニエ家の石段の上でクニー爺さんの足の治療をしているのにどうしても治らないという夢だったが、そのありさまをアルマンドが石段の上から平然と見下ろしていて、彼は恥ずかしい思いをしているのだった。彼女の魅力のいくらかは、町じゅうで評判のあのテラス状にひろがった八段ほどの広い石段のせいではないだろうか？〈フォーコニエ家の石段の眺めはほんとにすばらしい……あの石段がなかったら、フォーコニエ邸もあんなに堂々とは見えないだろうな……〉

眠っていた彼は、侮辱でもされたかのようにがばと飛び起きた。〈堂々たる、だって？　あの真四角な家が！　あの鉄製の手すりと陶製の胴蛇腹をめぐらしたパイのような屋敷が！〉彼はすっかり目がさめてしまった。するとフォーコニエ邸が、またもや彼を威圧してくるのだ。フォーコニエ家のヘリオトロープ、フォーコニエ家の蓼《たで》やロベリヤがふたたび祭壇の飾り物のような性格を帯びはじめると、マクシム・ドゥグートはふたたび眠るために、明日も明後日も、そして一生涯自分を待ち受けている義務のことを慎ましく考えてみるのだった。クニー爺さんや姉のほうのコーヴァン夫人、父親のアンフェール氏、まだ七十二歳にしかならない妹のほうのフィリッポン嬢といった人びとの顔を思い浮かべながら……というのも、老人たちは戦争中も死ぬことはないのだから。彼は備えつけのミネラルウォーターの壜を取って半分ほどらっぱ飲みすると、潮の引いた川からやってくる蚊や白みはじめた夜明けの物音に耳もかさず、深い眠りに落ちていった。

〈ぼくが無為に過せる最後の日だ……〉彼は少し恥じ入りながらベッドのなかで朝食

をとり、風呂の支度を頼んで、長い間待った。〈ぼくの最後の入浴……風呂の準備ができるまでは起きないぞ！　風呂に入らなければ出かけないぞ！〉しかしながら、彼は勢いよく噴き出すシャワーか、あるいは、かつて四月から八月にかけて、たまたま川や運河で楽しんだような水浴びのほうが好きだった……

　彼は、義弟の赤毛の薬剤師が創製したオーデコロンを用心しいしい使ってみた。〈ロジェの香水ときたら、蟻をつぶしたような匂いか、さもなければ安もののコニャックの匂いがするんだから〉彼はいちばん鮮やかな青色のワイシャツと点模様の絹のネクタイを選び出した。〈ハンサムだったらなあ。ぼくはせいぜい十人並みってところだからなあ。ああ！　ハンサムだったらなあ！〉彼はポマードをつけた髪を撫でつけながら、くどくどと繰り返した。だが、その髪の毛たるや、太くて言うことをきかない、波打ったくせ毛で、横になるよりつつ立っているほうが好きな、動物の毛みたいに強《こわ》いしろものなのだ。笑うとき、マクシムは鼻に皺を寄せ、黄褐色の目をしかめ、まんなかの二本の門歯の間の隙間を除いてはきっちり並んでいる健康な〈前歯〉をむき出しにするのだった。上着を着ないで、とっておきのベルトを締めていると、間もなく三十に手が届こうとする男らしく、感じのいい洒脱さと、藪のなかを飛びまわる小鳥さながらに敏捷に人混みを縫って走る、自転車に乗った配達人たちの魅力にも似たどこか庶民的な粋な風情が漂うのだった。〈だけど、これで上着を着ると、ぱっとしなくなっちゃうんだ〉と、マクシムは吊るしの背広の左右の襟の折り返しをきちんと整えながらくやしがった。〈上着のせいでもあるんだ〉彼は鏡に映る自分の姿に怒ったような一瞥を投げた。〈でもねぇ、美しいアルマンド、これでも十指に余るほどの女たちがこんなぼくに満足し、ありがとうとさえ言ってくれたんだよ……〉彼は溜息をつき、ふたたび神妙になった。〈だけど、ぼくの遊び相手だった可哀そうな女たちのことを思い出しているときでも、ぼくが考えているのはただアルマンドのことだけなんだから、いくらそいつらが「ありがとう」と言い、「もう一度」とさえ

言ったからといって、何になるっていうんだ。ぼくが想っているのは、あいつらのことなんかじゃない……〉

彼はスーツケースにものを詰めこんだが、その手つきにはいかにも自分の手を、生きたものをいじり、出血を止め、包帯を巻いてピンでとめるのに使い慣れている者らしい細心さと器用さがあった。九月の朝が、数匹の蠅や黄色く暑い日光とともに、開け放たれた窓から自由に流れこんできた。狭い通りの向うでゆらゆら揺れている光の反射が、川のありかを告げていた。〈アルマンドにさよならを言いに行くのはやめよう〉と、マクシム・ドゥグートは心に決めた。〈第一、ジャンヌの家では朝食はいつも遅いし、それに、ぎりぎりの時間で薬の小包を仕上げなくちゃならないんだ。だから、汽車に乗る前に何かちょっと口にしておこうとでも思ったら、アルマンドのところへ行っている暇なんかないだろう、そう、それは物理的に不可能だ……〉

が、四時になると、彼はフォーコニエ家の門の扉を開け、前庭の玉砂利を踏んで玄関の石段を登り、呼鈴を鳴らしていた。彼はもう一度、白い大理石の円花飾りに埋めこまれた呼鈴のボタンを長いこと指で押してみたが、応答はなかった。誰も出てこず、血がマクシムの耳もとまで上ってきた。〈彼女が出かけたとしても、別に驚くことじゃない。でも、あの怠け者の二人の女中と酔いどれ顔の庭師はどこへ行ったんだろう?〉彼はドアを蹴飛ばしたいのを我慢して、もう一度呼鈴を鳴らした。やっと庭のほうから足音が聞えて、アルマンドが走ってくるのが見えた。彼女は彼の前に立ちどまって言った。〈あら!〉彼は、彼女が全身をすっぽり包んでしまう、胸当てつきの青い大きなエプロンをしているのを見て微笑んだ。彼女はすばやい手つきでエプロンの結び目をほどくと、ばらの木に投げかけた。

「あれ、とてもよく似合っていたのに」と、マクシムは言った。

アルマンドは顔を赤らめ、彼のほうも、もしかしたら彼女を傷つけたのではないかと思って赤くなった。〈彼女は悪くとったんだ、そうにきまってる。まったくもって扱いにくい娘だ！　黒髪にあんなに白い石鹸の泡をつけちゃって、なんて可愛いんだろう……いままで気がつかなかったけど、髪に隠れている額の生えぎわのあたりの肌は、ちょっと青味がかっているんだな……〉

「庭の奥の洗濯場にいたものだから」と、アルマンドは言った。「今日は洗濯をする日なのよ。だから……レオニーもマリアも呼鈴の音にさえ気づかなくて……」

「すぐにお暇《いとま》しますよ。ちょっとお寄りしただけなんだ……明日の朝出発するものだから……」

マクシムは彼女について玄関の石段を登った。そして、彼女が柳の枝で編んだ椅子の一つをすすめてくれるのを待った。が、彼女は言った。〈ここは、四時から七時までずっと太陽につきまとわれるのよ〉そして彼を応接間に案内し、二人はそこで向かい合って坐った。マクシムは寓話の〈猫といたちと仔兎〉の図柄の描かれた肱掛椅子の一つに腰を下ろして、あたりの家具をじろじろと眺めまわした。ベビー・グランド・ピアノに大革命時代様式の振子時計、それに植木鉢がいくつか。彼はそれらに感心はしたもののなんとはなしに反感をそそられるのだった。

「気持のいいお部屋でしょ?」と、アルマンドは言った。「南向きのお部屋なものだから、いつも閉めきっているの。ジャンヌはいらっしゃれなかったの?」

〈なんだ、彼女、ぼくを恐がっているのかな?〉もう少しで、彼は得意になるところだった。だが、アルマンドを見ると、彼女は背筋をピンと伸ばして、片肱を椅子の堅い腕に、もう一方を膝にのせて手を組合わせ、〈狐とこうのとり〉の図柄の上にしゃちこばって坐っていた。ブラインドの影になった薄暗がりのなかで、頬と頸は明るいテラコッタのような色を帯び、まばたきをしたり、目をそらしたり、あるいは長い睫毛を見せびらかすためにはにかみを装ったりするのは慎しむべきことであると心得ている良家の子女らしく、たじろがぬ眼差を彼に注いでいる。〈ぼくはいったいここで何をしてるんだ?〉と、マクシムは腹立たしげに考えた。〈これが幼馴染みって言われるやつの十年後、十五年後のなれの果てってわけだ。この娘ときたらまるで木石だ。そうじゃないとすれば、自尊心のために口もきけないってわけか……二度とこんなフォーコニエ家の応接間になんか来るものか……〉そう思いながらも、彼はアルマンドの質問に答え、彼女に自分の〈仕事〉のことだの、戦争直後の〈避けがたいさまざまな困難〉のことだのを語っていた。彼はこうつけ加えるのを忘れなかった。

「でも、あなたは誰よりもこういったあらゆる次元の困難をよくご存知でしたね。何しろ、多方面にわたる責任を、しかも孤立無援で、引き受けているんだもの！」

アルマンドは不意に身を動かして、不動の姿勢を崩した。組合わせていた指をほどくと、滑り落ちまいとするかのように肱掛椅子の腕に両手でしがみついた。

「まあ！　慣れですわ……ご存知のように、母が私にかなり特殊な教育をしたものですから……この年ではもう子供じゃないし……」

自信たっぷりに話しはじめたものの、しまいのほうは、最後の言葉とは裏腹に、子供っぽい調子になってしまった。彼女は声の調子を変えて、言葉をついだ。

「ねえ、ポルトでも一杯いかが？　それともオレンジエード？」

見れば、彼女がほんの手を伸ばせば届くところに、用意したお盆が置いてあった。

マクシムは眉をひそめた。

「お客様を待ってるところだったんですか？　すぐ失礼しなくちゃ！」

彼は立ち上がっていた。と、彼女は坐ったまま、マクシムの腕を摑んだ。

「洗濯の日にお客様なんて呼ばないわ、ほんとうよ。あなたが明日発つって言ってたから、私思ったのよ、もしかしたらあなたが……」

彼女は顔をちょっとしかめて口をつぐんだ。マクシムはその表情が気にくわなかった。〈ああ！　だめだめ！　ぼくの前で口を歪めたりしないでくれよ！　そんなことをしたら、あれほどくっきりと、あれほどふっくらとした唇の縁が、あんなにも……あんなにもすてきな口の両端が……どうしたっていうんだ、彼女？　今日の彼女はひ

ど く沈鬱な顔をしてるじゃないか!〉

彼は自分が不当に厳しい目で彼女を見つめているのに気がついて、努めて陽気に振舞おうとした。

「それでさっきも、洗濯に夢中になっていたのね? あなたの洗濯姿ってほんとにきれいだなあ! ところで、お宅の無料診療所の腕白どもはもうみんな手なずけたの?」

彼はわずかに唇のあたりで笑っているだけだった。自分でもよくわかっていることだが、アルマンドの傍にいると、やるせない恋心に気が滅入り、嫉妬にさいなまれ、ぎこちなくなって、彼女と自分との間にある障壁――もしかしたら、そんなものはありもしないのかもしれないが――をうまく取り払うことができなくなってしまうのだった。アルマンドは深呼吸をして両肩をひろげると、努めて端正でもの静かな、褐色の髪の美女の顔つきを取り戻そうとした。けれども、微笑むと、口もとに二つと顎に一つ、三つのえくぼができ、それは心が揺れ動くたびにピクリと震えるのだった。

「うちの農場には二十八人の子供たちがいるのよ、知ってて？」と、彼女は言った。

「二十八人も！　女の子ひとりで世話するには多すぎる人数じゃない？」

「子供は嫌いじゃないわ」と、アルマンドは真剣な表情で答えた。

〈子供か。彼女は子供が好きなんだ。彼女が妊娠したら、すてきだろうな。彼女なら背が高いから、背の低い妊婦みたいにずんぐりとはならないで、腰のあたりからふくらむだろうから。庭にいても、ベッドのなかでも、あるいはぼくの腕のなかでも、大きな場所をとるだろう……あの目も、ついにぼくを頼りきった、妊婦特有の隈《くま》のできた美しい目になるだろう。でも、そうなるためには、このお嬢さんは男が自分に接近するのを、それもテニスで腕を伸ばして彼女にボールを打ち送るときよりもうちょっと近い距離まで接近するのを我慢しなければならないわけだ。ところが彼女ときたら、そんなこと考えてもみないみたいだ、そう、考えてもみないんだ！　とにかく、

ぼくはもう下りた！〉

　彼は心を決めて立ち上がった。

「じゃあこれで、アルマンド、今度こそほんとうに」

「何がほんとうなの？」と、彼女は囁くように言った。

「だってもう五時だし、それに、片づけなければならない急ぎの用が二、三あるんだ。薬もどっさり荷造りしなくちゃならないし……ぼくの行く小さな町には、血清とか錠剤の類いがぜんぜんないんだ……」

「知ってるわ」と、彼女はせきこむように言った。

「知ってる？」

「だって、あなたの義弟《おとうと》さんのお店で、偶然、耳にしたものだから……」

　彼はわずかに彼女のほうに身を乗り出した。と、彼女はあわてて後ずさりし、その拍子に大きな床スタンドに肱をガツンとぶつけた。

「大丈夫ですか?」と、マクシムは冷やかに言った。

「ええ、なんともありませんわ」と、彼女も同じ口調で答えた。

彼女は、彼の前を通って、透し細工を施した鉄のドアを開けようとしたが、どうしてもうまく開かなかった。

「ドアに狂いがきているものだから……いつもシャロになおしてくれるように言ってるのだけど……」

「このドアは昔っからこうだったじゃないの? ぼくの少年時代の思い出に手をつけないでくださいよ!」

彼女が唇をきっと結び、満身の力をこめてドアをゆさぶるので、ガラスがびりびりと震えた。と、そのとき、彼女の背後に、ガラスや金属の砕けるすさまじい音が落下した。振り返りざま彼女が見たのは、天井から落ちてきたシャンデリアの、粉々に飛び散った昼顔のガラス飾りとクロムめっきのつるの上でよろめくマクシムの姿だった。次の瞬間、彼はへなへなと膝を折ると、脇腹を下にしてどっと倒れた。彼はぐったりと伸びたまま、耳のほうへ手をやりかけたが、それっきり動かなくなってしまった。

アルマンドは、まだ開けることができないでいた玄関のドアに背を凭せたまま、自分のすぐ足もとで、砕けたガラスの散乱する床に伸びている男の姿を眺めていた。〈そんな馬鹿な！〉彼女の口から、信じられないといった調子の呟くような声が洩れた。が、マクシムの左耳の陰からひと筋の血が流れ出し、ワイシャツの青いカラーの上で一瞬止まって、みるみる滲みこんでいくのを見るや、アルマンドは跳び上がって叫び声をあげた。彼女はかがみこみ、それからさっと立ち上がると、怪我をした体に半ば塞がれているドアを押し開け、庭に向かって金切り声で叫んだ。

「マリア！　レオニー！　マリア！　レオニー！」

その絶叫は意識を失って伸びているマクシムの耳にまで届いた。そして、その絶叫とともに、巣箱に群がる蜜蜂の唸りとも打ち下ろすハンマーの響きともつかない耳鳴りが聞えはじめ、彼は薄目をあけた。が、すぐまた失神して、ふたたびハンマーの響きと蜜蜂の唸りのなかに落ちていったが、しかし、今度は襲ってくる激痛が彼を放っておかなかった。〈頭のてっぺんがズキズキする。耳のうしろと肩も痛い……〉

「レオニー！　マリア！」ふたたび耳をつんざくような金切り声がした。彼は仕方なしに意識を取り戻し、目をあけると、赤く燃えるような陽の光を顔一面に浴び、その光を二つの動く影が遮ったが、すぐに、それは光のなかを行ったり来たりしているアルマンドの二本の脚であることがわかった。彼には、そのアルマンドの足と、白いズック地に黒革を配した室内靴に見おぼえがあった。足は彼の頭のすぐ傍で、V字形に開いてよろめいたり、からみ合ったりしながら、絨毯の上を四方八方に動きまわって、ガラスの破片を踏み砕くのだった。彼はふざけて白い靴紐の一本をほどいてやりたい思いに駆られた。が、そのとき、刺すような痛みが襲ってきて、彼は不覚にも呻き声を洩らしてしまった。

「あなた、わたしの最愛の人……」と、震える声が言った。

〈彼女の最愛の人だって？　誰のことだろう？〉と、彼は考えた。彼は薄青色のガラスの破片やら、割れ残った電球の金具に押しつけられていた頬を持ち上げてみた。すると、血が頬一面にひろがって血糊を引いた。溢れ出る貴い血の真赤な色にギョッとして、彼はすっかり我に帰り、事態を理解した。二本の足が彼のほうに踵を返してテラスに走って行った間に、彼は痛む頭と怪我をした肩にさわってみて、耳のうしろの出血箇所をさぐり当てた。

〈うん、これはひどい切り傷だ。どこも骨折はしてないな。もう少しで耳を削《そ》ぎ落とされるところだった。ぼくみたいな濃い髪も、あながち悪いものでもないんだな。畜生、頭がズキズキする〉

「マリア！　レオニー！」

白黒の靴をはいた足が戻って来、ぴったりした絹の靴下をはいた両膝が散乱するガラス片の上にかがみこんだ。〈膝小僧を切っちゃうぞ！〉彼は起き上がろうと身を動かしかけたが、思いなおして、アルマンドに傷口がよく見えるように頭の向きを変えただけで、あとはじっと動かずにいることに決めた。

「どうしよう、血が止まらないわ……」というアルマンドの声がした。「マリア！　レオニー！」

返事はなかった。

「ああ、あのあばずれ娘たちときたら……」と、同じ声が吐き捨てるように言った。

マクシムは彼女にあるまじき言葉にはっとした。

「何か言ってちょうだい、マクシム！　マクシム、聞えて？　……あなた、私の最愛の人……」

木靴の音が庭を走ってきて、石段をかけ登った。

「ああ、あなたなのね、シャロ！　そうなの、シャンデリアが落ちたのよ……ここでなら、誰からも聞かれずにくたばれそうだわ！　あとの二人はどこに行ったの？」

「牧場でございます、お嬢様、シーツを乾しに……おお、お気の毒に！　まだまだこれからってかたでしたのに！」

「まだ、駄目なわけじゃないわよ！　ポミエ先生のところまでひと走りして、知らせてちょうだい……もし先生がいらっしゃらなかったら、チュルー先生のところへ。もしチュルー先生もいらっしゃらなかったら、あの薬剤師のところ、そうよ、あの赤毛の、ジャンヌさんのご主人のところへ行くのよ。シャロ、お風呂場からタオルと手拭いを持ってきてちょうだい。私はこの人の傍を離れるわけにはいかないのよ、わかるでしょ……それから、栗色の救急箱もね！　簞笥のなかよ！　ぐずぐずしないで！　それから、あの二人のお馬鹿さんに、洗濯物なんか放ってすぐに来るように言ってやってちょうだい。あなたが行くんじゃないの、誰か他の人に行かせなさい！」

　木靴が鐘のような音をたてながら遠ざかった。

「あなた、わたしの最愛の人」と、低く優しい声が囁いた。

〈最愛の人っていうのは、やっぱりぼくのことだったんだ〉と、マクシムは心のなかで呟いた。温かい両の手が彼の片手を握りしめて、安否を問うていた。〈大丈夫、脈は確かだよ！　まあ、まあ、そんなに取り乱さないで。いまの彼女はどんなにか美しいことだろう……〉彼はわざと呻き声をあげると、薄目をあけて瞼の間からアルマンドを盗み見た。怯えきって大きく見開かれた目、呆然としてポカンとあいた口、彼女はひどく醜い顔をしていた。彼はほろりとして目を閉じた。

　彼女は両手で傷口に濡れたタオルを押し当て、髪の毛を掻き分けた。〈そうじゃないよ、ぼくのアルマンド、そうじゃない……いったいこのフォーコニエ家にはヨードチンキもないのかい！　これじゃあ、無駄に血を流すだけなのに。でも、彼女がつきっきりで介抱してくれてることを思えば、そんなことがどうだっていうんだ！〉ヨードチンキの鉄くさい匂いがプーンと鼻をつき、彼はいかにも効き目のありそうなひりひりとする痛みを感じた。そこで、彼は安心して彼女のなすに任せた。〈うまいぞ！　でも、包帯はうまく巻けるかな、お嬢さん、お手並み拝見といきましょうか。それじゃあじきにほどけちゃうよ。少し髪を刈らなくちゃ……〉彼女が〈チッ、チッ〉と舌打ちしているのが聞えていたが、やがて、彼女はとほうに暮れて独りごちた。

「ああ！　私ってなんて馬鹿なんだろう！　いやになっちゃうわ、ほんとに！」

彼は危うく吹き出しそうになって、呻くような調子で何やらぶつぶつ呟いた。

「マクシム！　マクシム！」と、彼女は取りすがるように言った。

彼女は彼のネクタイをほどき、ワイシャツの前をはだくと、心臓の位置をさぐろうとして乳首のあたりに軽く触れた。と、それは得意げにふくれあがった。一瞬の間、二人とも微動だにしなかった。しっかりと脈打つ心臓の手応えを感じると、彼女は手をひっこめて、ゆっくりとワイシャツをもとどおりにした。〈ぼくを愛撫してくれるこの動顚した手を取り、起き上がってぼくの愛するこの優しく美しい娘を抱きしめたい。そして今度は、彼女に傷を負って呻き声をあげる役まわりをさせて、彼女を力づけ、ぼくの膝の上で静かにゆすってやりたい……どんなに長い間、ぼくは彼女を待ちつづけたことか……でも、もし彼女がいやがったら？……〉彼はもう少し芝居をつづけることに心を決め、弱々しく身を動かすと、両腕をだらりとひろげ、ふたたび意識を失ったように見せかけた。

「ああ！」と、アルマンドは叫んだ。「この人、気を失ってるわ！　あの役立たずどもはどうしたのかしら？」

彼女は跳び上がって、ラフィア椰子で編んだクッションを探しに走り、それをマクシムの頭とガラスの破片の間に滑りこませようとした。すると、応急手当ての包帯がとれてしまった。アルマンドは地団駄を踏み、くるくるまわったかと思うと、絶望のあまり慎しみもなく腿を叩くのが聞えた。彼の傍に戻ってくると、彼女は粉々に砕けたガラスと血の混った水の上にじかに坐りこみ、怪我人のほうへ半ば覆いかぶさるようにした。彼女が取り乱して泣いてる気配がして、彼はえも言われぬ幸福に浸った。彼はしっかりと瞼を閉じて彼女を見ないようにしていたが、しかし、褐色の髪の健康な女たちが発散する髪と熱い肌と白檀の香りからは逃れることができなかった。彼女は指で彼の瞼を持ち上げた。そこで彼は瞳を吊り上げて、忘我の境地か人事不省に陥った人間のように白目を剝いた。彼女は袖で彼の額と口を拭うと、唇をそっと押し開き、身をかがめて隙間のあいた門歯のある白い歯を覗きこんだ。〈こんな戯れがあと一分もつづいたら……彼女にかぶりついちゃうぞ！〉彼女はさらに深く身をかがめると、唇をマクシムの唇に合わせた。と、そのとき、せわしない足音と息を切らせた人声を耳にして、彼女はビクッとして、すぐさま身を引き離した。しかし、細心の注意を払っておとなしく彼の体に全身を寄せたまま、人が現われるまでのわずかな時間に、彼女はあの言い古された愛の片言を囁きかけるのだった。恋を知りそめたばかりの娘たちが、まだ男たちから他の言葉も教えられず、まだ自分でももっと美しく、もっと秘やかな言葉を見つけられないでいるときに、口ごもりがちに囁くあの言葉を。〈いとしい人……私の最愛の人……私の、私だけのマクシム……〉

助けの人たちが到着したときも、彼女は濡れたスカートに穴のあいた靴下という恰好で、まだ床に坐ったたままだった。マクシムはやっと目をさましたふりをし、脈絡のない言葉を二言三言呟いてこれまでの狂言に終止符を打ち、取り乱したような顔でアルマンドに微笑みかけ、自分を取り巻く大騒ぎに驚きの叫びをあげてみせた。「中央大薬局」から担架といっしょに義弟の薬剤師が来ており、彼はマクシムの頭にターバンのように包帯を巻いた。ついで、担架がお供の人びとを従え、口々に発せられるコーラスのような声に送られて出発した。

「もう一方の扉も開けて……ちょっと待って、これじゃ通らないぞ！　いや、もう少し右に詰めれば、通るんだ……ようし、ぎりぎりいっぱいで通りそうだ……石段は八段あるぞ」

　テラスの上には、アルマンドがひとり所在なげに、忘れられたように佇んでいた。だが、石段の下から、マクシムが身ぶりと眼差で彼女を呼んだ。〈おいで……きみの気持はもうわかってるんだ。きみはぼくのものさ。おいで、きみのはじめたあのおずおずした口づけを最後までやってしまおうよ。ぼくといっしょにいておくれ。打ち明けてくれよ……〉彼女は下りてきて、彼に手を預けた。それから担架を運ぶ人たちと歩調を合わせていっしょに歩きだした。体じゅうしみだらけで、服装も髪も乱れたまままるで恋の掌中からたったいま抜け出してきたばかりといった風情で。

コレット　香水の匂

白石かずこ

コレットの「青い麦」をよんだ頃と、映画の詩人オータン・ララ監督の映画「青い麦」をみた頃とほとんど同時だった気がする。

あるいは小説の方を四、五年前によんだのかも知れないが、それが同時代に思われるのは、どちらも古い日のアルバムをめくるみたいに大分前のことだからであろう。わたしの中で「青い麦」の映画と小説がゴッチャになるほど、どちらも甘い、せつない、青春のというより思春期そのもののもつ孤独と残酷が、青い麦の匂となって追憶の画面にただよっているのだ。

わたしはコレットについて何を言いたいのだろう。

この大変な女の人について。フランスの、大変な小説家さんについて。小説をかく粋でおしゃれで女っぽくて、また残酷で贅沢で、通俗とよい趣味を実に心得ている女の人を。

コレットというとわたしはまずフランスの女を思う。

次に、いや、これこそ最初かも知れない、フランスの女、それも成熟した恋の甘いも酔いも男も女も知りつくした女のつける香水の匂。これを思う。

「青い麦」からは、ディオリッシモの甘くさわやかな匂いがすれば、「シェリ」とか「牝猫」からは、得体の知らない曇りガラスみたいに曖昧な欲情をかかえた熟した女のシャネルやジョイが匂う。

小説っぽい小説、ふてぶてしくてその細部がデリケートで鋭く皮肉なあまり、悲劇であることより、喜劇が予想されるすばらしさで描かれているコレットという女の作家のほんとのすごみにまみえ、今度十何年ぶりでよみかえしてちょっとため息がでてしまった。

感嘆したため息と単純に解釈されては困る。ため息というのは、何か、彼女の小説のくろおととしてのしぶといスゴさ、これは男よりも男性的ですらある。

その上、彼女ほど無駄なく女の官能の世界と年輪を、細菌学者の如く微細に観察しながら生き抜いた人もいないであろう。

これはあまりのたくましさで、時にわたしたちはコレットに髭のないのを不思議に思うくらいだ。

それ故に、そのパワーが岩のようにのしかかってきて、これはなんとしたたかな世界、人であろうとそこに体重を感じたのだ。

軽量級では疲れるではないか。かなりな消化器をもっていないと彼女とは五分に勝負できないぞという、大物を感じた。

だがなんといってもコレットの魅力は全篇にみなぎる実にその場に適確なよくえらばれた香水の匂だ。

この匂ひとつでコレットは不滅であろう。デリケートなフランスのやさしさと同じくらい意地悪さを知った女、そして官能と人間の情緒心理についてはいかなる学者もかなわぬほど心得ている情事と恋愛の達人である人の小説。

こう思うとコレットのほかにコレットは考えられない。

新しい小説とか、観念の世界とか、いろんなレトリックの乱舞とか壮大な大建築に似た小説とか、世の中にはいろんな小説があり、小説があっていいわけだが、よみだしたら、やめられずいっきによんでしまって物語の人物や心理や情景を、そのあとも飲んだあとの美味しいワインのように、舌の上にその美味の余韻をのこす。

そういうほんとに小説みたいな小説というのもあっていい。

そういうのはおそらく戦争とか平和とか前衛な芸術に役立つものではないが、朝、一杯の美味しい珈琲とよくやけたパンをのぞむように、人々にのぞまれるだろう。言うならばコレットの小説は、香水であると同時に、われわれの食事である。それも重たいビフテキというより朝食であろう。

すくなくとも朝食がなければ朝も、一日も始まらないのである。

この小説をよんでから、わたしたちは人生に出掛けるであろう。

少年と少女は劇画をよむようになっても、コレットの「青い麦」の間を一度、裸足で走ってみるだろう。

この怖ろしい青春を、これほどさわやかにこれほど官能的にせつなく、心理のヒダを微細に追いながら示してくれるうまい小説も稀だから。

そこを通りすぎ、真昼間、太陽の下を歩いている人生の人は、昼さがり、カーテンをおろした「シエリ」をのぞくだろう。

このめくるめくほどゴージャスでみすぼらしく残酷な世界に、老女の若い日、求めたレースのショールにキスする如く、体に心を一瞬よせて、おのれ自身に身ぶるいする快楽と嫌悪を同時に味わうことを試みるだろう。

だがコレットの作品をでてきたものは、無償であるわけにはいかない。

よみ終った読者はしばらく、自分の体に移った彼女の小説の香水の匂にまといつかれるのだから。

作家の才能というのはこれだけで充分であり、これがあればそれだけで充分というものを、コレットはもっているという事によりわたしは彼女に青春の日とかわらぬ尊敬と好意と愛着のバラを今も送ることができるのだ。

（詩人）

※「コレット著作集・月報」（一九七五年十二月号／二見書房刊）より転載しました。

翻訳　弓削三男
1922年生まれ。九州大学文学部仏文科卒業。ストラスブール大学、パリ大学留学。早稲田大学名誉教授。訳書にジャン・ケロール『異物』『真昼　真夜中』（白水社）「他人の愛を生きん」（主婦の友社、『キリスト教文学の世界 5』所収）、ジャン・ペロル詩集『遠い国から』（思潮社）、ジョルジュ・ペレック『物の時代　小さなバイク』（文遊社）など。

＊今日の人権意識に照らして不適切と思われる語句や表現については、
時代的背景と作品の価値をかんがみ、そのままとしました。

軍帽
2015年4月1日初版第一刷発行

著者：シドニー＝ガブリエル・コレット
訳者：弓削三男
発行者：山田健一
発行所：株式会社文遊社
東京都文京区本郷 4-9-1-402　〒113-0033
TEL: 03-3815-7740　FAX: 03-3815-8716
郵便振替：00170-6-173020

装幀：黒洲零
印刷：シナノ印刷

Le képi by Sidonie-Gabrielle Colette
Originally published by Librairie Arthème Fayard, 1943
　ISBN 978-4-89257-111-4

あなたは誰？

アンナ・カヴァン
佐田千織 訳

「あなたは誰？《フー・アー・ユー》」と、無数の鳥が啼く——望まない結婚をした娘が、「白人の墓場」といわれた、英領ビルマで見た、熱帯の幻と憂鬱。カヴァンの自伝的小説、待望の本邦初訳。

書容設計・羽良多平吉　ISBN 978-4-89257-109-1

われはラザロ

アンナ・カヴァン
細美遙子 訳

強制的な昏睡、恐怖に満ちた記憶、敵機のサーチライト……。ロンドンに轟く爆撃音、そして透徹した悲しみ。アンナ・カヴァンによる二作目の短篇集。全十五篇、待望の本邦初訳。

書容設計・羽良多平吉　ISBN 978-4-89257-105-3

ジュリアとバズーカ

アンナ・カヴァン
千葉薫 訳

「大地をおおい、人間が作り出したあらゆる混乱も醜悪もその穏やかで、厳粛な純白の下に隠してしまったときの雪は何と美しいのだろう——。」カヴァン珠玉の短篇集。解説・青山南

書容設計・羽良多平吉　ISBN 978-4-89257-083-4

愛の渇き

アンナ・カヴァン
大谷 真理子 訳

物心ついたときから自分だけを愛してきた冷たく美しい女性、リジャイナ《女王》と、その孤独な娘、夫、恋人たちは波乱の果てに――アンナ・カヴァン、渾身の長篇小説。全面改訳による新版。

書容設計・羽良多平吉 ISBN 978-4-89257-088-9

アルクトゥールスへの旅

デイヴィッド・リンゼイ
中村 保男・中村 正明 訳

「ぼくは無だ!」マスカルは恒星アルクトゥールスへの旅で此岸と彼岸、真実と虚偽、光と闇を超克する……。リンゼイの第一作にして最高の長篇小説! 改訂新版

書容設計・羽良多平吉 ISBN 978-4-89257-102-2

歳月

ヴァージニア・ウルフ
大澤 實 訳

十九世紀末から戦争の時代にかけて、とある英国中流家庭の人々の生活を、半世紀という長い歳月にわたって悠然と描いた、晩年の重要作。

解説・野島秀勝 改訂・大石健太郎
書容設計・羽良多平吉 ISBN 978-4-89257-101-5

店員

バーナード・マラマッド
加島祥造 訳

ニューヨークの貧しい食料品店を営むユダヤ人店主とその家族、そこに流れついた孤児のイタリア系青年との交流を描いたマラマッドの傑作長篇に、訳者による改訂、改題を経た新版。

書容設計・羽良多平吉 ISBN 978-4-89257-077-3

烈しく攻むる者はこれを奪う

フラナリー・オコナー
佐伯彰一 訳

アメリカ南部の深い森の中、狂信的な大伯父に連れ去られ、預言者として育てられた少年の物語。人間の不完全さや暴力性を容赦なく描きながら、救済や神の恩寵の存在を現代に告げる傑作長篇。

書容設計・羽良多平吉 ISBN 978-4-89257-075-9

物の時代 小さなバイク

ジョルジュ・ペレック
弓削三男 訳

パリ、60年代——物への欲望に取り憑かれた若いカップルの幸福への憧憬と失望を描き、ルノードー賞を受賞した長篇第一作『物の時代』、徴兵拒否をファルスとして描いた第二作を併録。

書容設計・羽良多平吉 ISBN 978-4-89257-082-7